大自然的吟唱

鲍尔吉·原野　著

人民文学出版社

天天出版社

图书在版编目（ＣＩＰ）数据

大自然的吟唱 / 鲍尔吉·原野著. -- 北京：天天出版社，2022.5
ISBN 978-7-5016-1858-3

Ⅰ.①大… Ⅱ.①鲍… Ⅲ.①散文集－中国－当代
Ⅳ.①I267

中国版本图书馆CIP数据核字(2022)第063762号

责任编辑：张新领　　　　　　　　　美术编辑：丁　妮
责任印制：康远超　张　璞

出版发行：天天出版社有限责任公司
地　址：北京市东城区东中街 42 号　　　　邮　编：100027
市场部：010-64169902　　　　　　　传　真：010-64169902
网　址：http://www.tiantianpublishing.com
邮　箱：tiantiancbs@163.com

印　刷：三河市博文印刷有限公司　　　经　销：全国新华书店等
开　本：880×1230　1/32　　　　　　　印　张：5
版　次：2022 年 5 月北京第 1 版　　　印　次：2022 年 5 月第 1 次印刷
字　数：78 千字　　　　　　　　　　印　数：1-10,000 册

书　号：978-7-5016-1858-3　　　　　定　价：28.00 元

目　录

南风里有青草的香味

黑黝黝的灌木丛冒出一层暗绿的芽苞，横竖都成行，像一封信，密密麻麻的字写在灌木的手心里。

叶苞攥在灌木的手心里，掰也掰不开，除非春天真的来临。

春天与人间的通信，字迹是绿色的。在柳树那里，枝条边写边蘸浮雾袅然的池水，不然，字迹绿得不深。

在这封信里也有插图——当苏醒过来的土地写信写得手腕已经酸了的时候，就随手涂画。

插图是树上的花。

杏树把花朵高高举在头顶，这是对节令最深挚的感激，也是对天的膜拜。

天也许在春季才睁眼俯瞰下界，那么杏树赶紧举起花朵，一个春天也不敢放下。春天看到了杏花，就会如约而来，蜜蜂与蝴蝶都如约而来。

这时，人们相信，天和地都如此诚实。

当灌木写信的时候，春天会为此感动得流泪，泪水被风飘成雨丝，把灌木的信笺打湿了，字迹洇染之后，整个信都绿成一片。

然而春天始终没看清灌木的信，她安慰自己：明年还能看到。

蚂蚁认为是它把春天惊醒了——在蚂蚁纷沓的足迹下，草叶探出头来观看，一瞬间，草叶像森林一样围绕着蚁穴。

风开始从南方吹来，把寒意赶回北地。而北地也有杏花的手势和河水的奔走声。南风吹在墙上，拐弯而走；扑在脸膛上，如流水拂过，脸庞和鼻孔里灌满了青草的香味。

黑 蜜 蜂

黑蜜蜂无牵无挂，孤独地飞在山野的灌木上方。一只肚子细长的黑蜜蜂在岩石的壁画前飞旋，白音乌拉山上有许多壁画——古代人用手指头在石上画的图形符号。我觉得像是古埃及人来蒙古高原旅游画的。黑蜜蜂盯着壁画看，壁画上有一人牵着骆驼走的侧影，白颜料画在坚果色的黑石上。黑蜜蜂上下鉴赏，垂下肚子欲蜇白骆驼。古代骆驼你也蜇啊？我说它。黑蜜蜂抻直四片翅膀，像飞机那样飞走了。

草原上有许多黑蜜蜂，长翅膀那种大黑蚂蚁不算在内。盛夏时节，草地散发出呛人的香味，仿佛每一株草与野花都精神起来。它们呼喊，气味是它们的双脚，跑遍天涯找朋友。花开到泛滥时节，人在草原上行走没法下脚，都是花，踩到哪朵也不好。花开成堆，分不清花瓣生在哪株花上。野蜂飞过来，如里姆斯基－科萨科夫在乐曲里描写的——嗡，嗡，不是鸣叫，

3

传来小风扇的旋转声。黑蜜蜂比黄蜜蜂手脚笨，在花朵上盘桓的时间长。我俯身看，把头低到花的高度朝远方看——花海有多么辽阔，简直望不到边啊，这就是蜜蜂的视域。蒙古人不吃蜜，像他们不吃鱼，不吃马肉狗肉，不吃植物的根一样。他们只吃自己那一份，不泛吃。野蜜蜂的蜜够自己吃了，还可以给花吃一些。蜜蜂是花的使者，它们穿着大马裤的腿在花蕊里横蹚，像赤脚踩葡萄的波尔多酿酒工人。晚上睡觉，蜜蜂的六足很香，它闻来闻去，沉醉睡去。蜜蜂是用脚吃饭的人，跟田径运动员和拉黄包车的人一样。

草原的晨风让女人的头巾向后飘扬，像漂在流水里。轧过青草的勒勒车，木轮子变为绿色。勒勒车高高的轮子兜着窄小的车厢，赶车的人躺在里面睡觉，凭驾车的老牛随便走，随便拉屎撒尿。黑蜜蜂落在赶车人的衣服上，用爪子搓他的衣领，随勒勒车去远行夏营地。月亮照白了夏营地的大河，河水反射颤颤的白光。半夜解手，河水白得更加耀眼，月亮像洋铁皮一样焊在水面。那时候，分不清星星和萤火虫有什么区别，除非萤火虫扑到脸上。星星在远处，到了远处，

它躲到更远处。虫鸣在后半夜止歇，大地传来一缕籁音，仿佛是什么声的回声，却无源头。这也许是星星和星星对话的余音，传到地面已是多少光年前的事啦，语言变化，根本听不懂。等咱们搞明白星星或外星人的话，他们传过来的声音又变了。

黑蜜蜂是昆虫界的高加索人，它们身手矫健，在山地谋生。高加索人的黑胡子、黑卷发活脱是山鹰的变种，黑眼睛里藏着另外一个世界的事情。他们彪悍地做一切事情，从擦皮靴到骑马，都像一只鹰。黑蜜蜂并非被人涂了墨汁，它们是黑蝴蝶的姻亲，蜜蜂里的山鹰。蜂子们，不必有黑黄相间的华丽肚子，不必以金色的绒毛装饰手足。孤单的黑蜜蜂不需要这些，它在山野里闲逛，酿的蜜是蜜里的黑钻石。

一位哈萨克阿肯（歌手）唱道：

黑蜜蜂落在我的袖子上，袖子绣了一朵花。

黑蜜蜂落在我的领子上，领子绣了一朵花。

黑蜜蜂落在我的手指上，手指留下一滴蜜。

我吮吸这一滴黑蜜，娶来了白白的姑娘。

晨光在草原的石头缝里寻找黑蜜蜂，人们在它睡觉的地方往往能找到白玉或墨玉。黑蜜蜂站在矢车菊上与风对峙。它金属般的鸣声来自银子似的翅膀。图瓦人说，黑蜜蜂的翅膀纹路里写着梵文诗篇，和《江格尔》里唱的一样。

蚯蚓

蚯蚓多么温和，一生待在土里蠕动。它一辈子走过的路程也超不过 100 米，大地是蚯蚓的家。土，说起来是坚硬的东西，用铁锹挖一锹土，土上带着切痕。但蚯蚓能在土里行走，这又算一个柔软胜刚强的例子。有人说蚯蚓食土为生，如果这样就太好了，它永远不愁吃的东西。土虽多，蚯蚓却不见长胖，它懂得节制。或者，土吃起来很慢，蚯蚓沙沙地咀嚼，一天吃不了多少就饱了。

蚯蚓身体粉红，跟人的肉色接近。它的身体干净。这样的身体表明土地原本不脏，即使吃土也可以长出人肉的颜色。而人需要吃粮食和肉才长出人色。光吃菜，人脸偏绿，人身上的血红细胞减少，转为血绿细胞，接近于螳螂的气色。

我见到蚯蚓先想到蛇。蚯蚓跟蛇有多少亲缘关系？它们相似，但蚯蚓比蛇少一层皮。蛇皮，中药称蛇蜕。

它是蛇的盔甲，而蚯蚓没有。上帝为什么不让蚯蚓长一层甲虫的甲呢？蚯蚓一定在什么地方得罪了上帝。它藏在地里不出头也可能是怕被上帝发现。上帝惩罚谁，一般用两种方法，一是让它基因有缺陷；二是让它干一些自不量力的事。然而基因有缺陷的生物大都本分，譬如羊不想吃狼肉并且远离狼。

蚯蚓没见过蛇，蛇对于它只是一个传说。蚯蚓觉得下辈子变成蛇也不迟。这辈子做一条安分守己的蚯蚓已经够好。蛇的天敌，比如鹰或鸡轻易吃不到蚯蚓。泥土的堡垒让蚯蚓十分安全，而蚯蚓也没想出去抓鸡或吃人。蚯蚓吃土的口感好像吃饼干，沙沙响。蚯蚓觅食无须像牛羊那样翻过一个又一个山坡，它抬头就有吃的，食品同时是被子、褥子，还是房子和床，总称土。蚯蚓喜欢土地的黑暗，静谧安详。土用臂膀护住蚯蚓，因为它没盔甲。蚯蚓偶尔也到地面上走一走，它觉得没什么意思，一来阳光晃眼，二来道路不平。蚯蚓在地面辗转不安，不如回到土里舒服。蚯蚓学不会蛇的灵巧。蛇哆嗦一下钻进草丛，再哆嗦一下钻进石缝。蚯蚓觉得蛇如果不吃药根本做不出这样的动作，这类似于麻痹震颤症。

有人听过蚯蚓的歌声，在雨后。说蚯蚓的歌声细弱如丝，像吹一片树叶子。蚯蚓唱歌做什么？雨浇湿了泥土，也浇湿了蚯蚓的身体。它听到沙沙的声响并非口腔咀嚼而来自雨，不禁惊呆，仿佛雨在吃土。每一片草叶都对雨滴做出回应，蚯蚓终于在沉默的大地听到了歌声，随之合唱。

不知道蚯蚓怎样在泥土里寻找自己的同伴。它生来孤独，如果有一天听到隔壁泥土松动，那一定是客人来访。两条蚯蚓缠到一起拥抱，有说不完的话，话

题是土。蚯蚓想不出离开土还能说什么话。除了土，蚯蚓还谈到雨和庄稼的根须。蚯蚓在地下跟草和庄稼的根须握手，它们洁白的根须散发出甜味。对蚯蚓来说，穿过这些根须相当于穿越森林。如果进入一片玉米地，蚯蚓毕其一生也走不出这片地下的森林。土里还有什么？蚯蚓见到最多的是蚂蚁。蚂蚁其实很凶恶，孤零零的爪子长在机器式的身躯上，头颅似乎没有一点理智。蚂蚁贪财，搬运一切东西。

蚯蚓走路离不开扭捏。其实它只会掘土，并没有学过走路。它不知学会走路有什么用处，蚯蚓哪儿也不想去。大地温暖安全，适合于一切爱睡眠的生物，其中有蚯蚓这样连皮都没有的，露出赤裸鲜肉的温和生物。

蛛网上的星辰

雨停之后，阳光从云层里钻出来，蛛网上钻石闪烁。我宁愿把这些雨滴看成是钻石，不然见不到这么大的钻石。女人手上戴一个戒指，依稀镶着米粒大小的石头，对你说："这是钻石。"你连眯眼带聚焦也没看出上面还有光芒，钻太小。但人家说，钻石就这么小，大钻石被戴安娜戴走了。

过去，我妈有一颗钻石胸坠，比黄豆大点，切割三十二个面，拿手上稍动，钻石放射彩虹光，我以为神奇。那时候连我妈都有钻石，可见此物便宜，工农干部都买得起。资料说，那一时期，红卫兵在全国抄家收缴118万两黄金。可见民间有过一些财富，之后被剥夺了。后来，我妈的钻石消失。我家虽然也经历过抄家，但它不一定是被造反派收走的，可能自己弄丢了。我妈则认为是我弄丢的。有可能，它太小，装衣兜里摔跤的时候就没了。

从小时候起，我开始喜欢有三十二个面的东西，稍动就射出光芒。但只有钻石如此，玉米面窝头和腌大萝卜怎么转都不闪光。煤块的面超过五十个，却无光。直到有一天我在桑园见到蛛网上的雨滴，心想：钻石出现了。雨滴不转，我转脑袋，蛛网晶莹放光，真美。三十年前我写过一组诗，名叫《假如雨滴停留在空中》，想知道雨滴停留空中的景象。这么多年过去了，一直没看到。这景象宇航员在太空舱可以见得到——水滴抱成团，像傻子一样在空中晃来晃去，重力定律失效，所有东西全散了架子，在空中随便飘。而在雨后，空中有雨滴的展览会，布展人是蜘蛛先生。水滴被蛛网收留，保持一个圆形，滴溜溜地闪光，四周草木葱茏。

每逢雨后，我都去公园里看蛛网上的钻石展。别人问我干什么，我不与之透露。不是怕他们看，雨滴看是看不坏的，我怕他们一巴掌打破这个网。网是蜘蛛的厨房和粮食，把它打烂，能得到什么好处呢？想看大蛛网，要到森林里。大网像锅盖，如八卦阵那样一个圈环绕一个圈，经纬联络。蜘蛛在自己结的网上漫步，如同走在星光大道上，一足抓一根丝，六足抓六根丝悠游，迈螃蟹步。我猜测螃蟹跟蜘蛛有点亲戚关系，只不过出了五服。螃蟹去海里发展，吃喝不愁。陆地的蜘蛛则要织网收小虫果腹。蜘蛛织网比渔民还早十万年。蜘蛛网虫，跟其他昆虫比，蜘蛛的谋生方法可归于智慧，前提是肚子里有丝。狼在跋涉中寻找食物，经常挨饿。蚊子无血不成席，每每有巨掌罩过来，"啪唧"一声，甚至有人发明了电

蚊拍，蚊子在电网上抽搐爆裂。死去的蚊子如果喝过人血，爆裂后发出恶心的焦煳味。如果喝了低密度胆固醇偏高之人的血，味更难闻，油大。一次，我无意触到通电的电蚊拍，肚子万幸没爆裂，手忽抬二尺高，不知道的人看到会以为我在练武功。蜘蛛清白，没人"啪唧"它，也没人电它。拿电蚊拍电蜘蛛有点太过分了。蛛网是蛛之家，它在树叶里另有一个家，网是它的餐厅和广场。蜘蛛像一个风餐露宿的全真派道士，安我于灌木之巅兮，望我大树；树大招虫兮，喂我蜘蛛。太阳、月亮、星辰、露水，蛛网上一个都不少，都光顾到了，特别适合养生。我观察落在网上的小虫，一些绿颜色，没什么脂肪，一咬一包水。蜘蛛看日出、网白露，卧在这个高弹的蹦床上，比《离骚》中对湘夫人起居的描述还舒服。下过雨，网线有点滑，但蜘蛛出门从来都系安全带，肚子里有好几捆。蜘蛛从网上滑落，马上有丝承接，比阿迪力安全。蜘蛛配得上一个"蜘"字，是昆虫里面的大知识分子，相当于院士。它会结网，会养生，会走高空钢丝自备安全带，牛大了。前两天，有人在食堂告诉我，材料科学将是电子信息科学之后更伟大的一次革命。他说，蛛丝的坚韧性、弹性和轻质，胜过人所能制造的所有绳索，是最优质的材料。但蛛丝之谜还没被破解，不能仿制，其科技含量远胜马迹。

蜂蜇

　　我得了类风湿关节炎之后，去敖汉旗林家地镇温泉治疗，当地人叫热水汤。那年我 17 岁。人们最早发现这处温泉是在冬天。冰天雪地，这地方冒白色蒸汽。有风湿病的人奔着蒸汽来到这里，用石头砌池子坐浴，当地人叫"坐汤"。汤在古汉语里的意思是热水，子曰"见善如见不及，见不善如探汤"，但没说多少度算汤。林家地的温泉冒出来感觉超过一百摄氏度，红皮白皮鸡蛋放进泉水里一会儿就熟。

　　我每天下池泡我的类风湿，主治双手双脚红肿，身上其他地方没风湿也跟着泡。有钱人花一元在镶白瓷砖的池子泡，水湛蓝。没钱人花五角在黑水泥的池子泡，水如乌鸡汤。床钱另算。我下五角的池子，疗养院里看得见病成奇形怪状的患者，手脚强直，肌肉萎缩，行走艰难。所有的人都希望据说含着氡气的温泉治好他们的病。有人好了，有人没好并死了。我看到的最惨的病人小刘颌关节强直，不能说话，也不能够进食。他后来饿死了，只有 16 岁。小刘颌关节不能开合，说不出话，但能呵呵笑。我学小矮人行走，拼命逗他笑。他痛苦地说，别让我笑了。他的颌关节连笑都笑不了，像长了锈的门合页。

看到他们的惨状，我十分恐惧。这或许就是我的未来——不能行走，进而不能翻身，不能笑。最后，双臂抱着蜷起的双腿，如关在瓮里的人。这是许多重症类风湿患者最后的样子。

我拼命锻炼身体，到山下的公路上跑步。第一天跑步，公路上对面开过来一辆北京吉普，这是大官坐的车。车到我身边停下，下来一个微胖的大官，问我："你干啥呢？"我说："跑步锻炼身体。"大官说："你不是乌云高娃的儿子吗？咋上这儿跑步来了？"我说我类风湿坐汤来了。他说："可怜啊，上车吧。"我坐上吉普车。头一回坐，我以为吉普车在碎石路上的颠簸是故意设计的，属于享受的一部分。惊叹转眼间，车把我拉回了疗养院。大官说："下车吧，你要休息，别跑步。坐汤本来就消耗体力，跑步不更消耗吗？"大官当时是敖汉旗委书记才吉尔乎，我妈在林东老盟政府时的老领导。之后我不跑步了，怕被大官看见说我不懂事。我改登山，还有下蹲、举石头等。但类风湿没见好也没见坏。这时候，有人告诉我，治类风湿最好的方法是让蜜蜂蜇关节，但一般人适应不了，太疼。

大凡小孩子都怕激将，那一句"一般人适应不了"让我生发自残的豪情。疗养院建在山上，周围有大片的野生苜蓿草，还有椴树，常见南方放蜂人的蜂箱。

我来到苜蓿草地。蜜蜂在淡紫色的小花上忙碌，并不知我是来受刑的。一般人小时候都被蜜蜂蜇过一两次，于无意之间。而我要自蜇，这多少需要有一些勇气。我伸手想捏住蜜蜂的薄翅，却犹豫，想起病友们蹒跚的步履，毅然捉起一只蜜蜂，把它弓起的肚子放在我红肿的中指上。蜂针蜇进肉里，中指更肿了，回不了弯。我看到自己的中指怎样迅速变成了一根胡萝卜。疼是疼，说钻心还不够。疼劲过去后，我再捉一只蜜蜂，蜇在我左手拇指的第二关节上。这一针厉害，拇指肿得如红薯，比刚才那针疼多了。我心想：蜂针的毒素难道不一样吗？看来不一样，刚蜇这针药效是双倍的。一般人被蜂蜇多在手指肚。这个部位没有关节缝疼。我往回走，边走边看手。这只左手整个肿了起来，红而亮，疼里含着一些麻。回到疗养院，这只手攥不成拳头了，端不起碗。我觉得不是我疼，是类风湿的毒素在疼。只不过我知道了它们是怎样一种疼法而已，想到这儿，十分欣慰。

之后，我每天去野地里自蜇。有一回把蜜蜂惹急了，蜇在我前额上。蜜蜂在我前额蜇的那个针算白蜇了，头骨硬，针没蜇进去，也没起包。慢慢地，我学会用左手提蜂，蜇右手五个指头的关节。总之我的十指被蜇了一遍。来自革命老区江西吉安的放蜂人见我必伸大拇指，他说他爷爷、他爹和他常年风餐露宿没得风湿病的原因就在于被蜂蜇过。而我，是他见到的第一个自蜇的人。蜇我的蜜蜂都死掉

了，蜂针带出它的肠子，但放蜂人一点不心疼。他说蜜蜂多得很，随便蜇。交谈间，我们一同品尝了蜂蜜，还嚼了嚼蜂蜡。蜜蜂那时候归集体所有，放蜂人只挣工分，没损失。

我的类风湿慢慢好了，出院后插队当知识青年，干再重的农活都无妨碍。蜂蜇对治疗类风湿关节炎是否有效，我拿不准。这只是久病乱投医措施之一种。我觉得我的风湿病好转主要是吓的。

人看到自己的同类被某种疾病折磨得惨不忍睹时，会产生两种效应：一种是被吓得免疫力低下，凭命运摆布；另一种是激发了免疫力，把命运的船头生生扳过来了。我可能属于后一种。

馒 头 酒

搬家之后，我准备吃遍周围的小馆子，非馋，而是在摸情况，用领导的话说叫"心中有数"，减少吃的盲目性。

昨天我吃到后楼从东数第三家，该馆子连名号都没有。

我问："咋不起个名？"

馆主曰："唉，小破饭店，我都懒得开了，起什么名。"沈阳人把吃的场所不论贵贱大小全叫饭店。

"那也得有个名啊。"

"没名你不也进来了吗？"

这是我和老板间的对话。他说话好像抬杠，否。俺们这旮说话就这样，直而亲切。

桌对面来了个老头儿，从棉袄里边掏出一塑料袋馒头，有七八个，塑料袋内部挂着哈气水珠。老头儿要了一玻璃杯白酒，在接碟里倒点盐面，蘸馒头吃，

小口抿酒。新颖！我想起俄国人用西红柿蘸盐面的
事，像幽默表演，但人家很严肃。这个老头儿眯眼遥
视远处，皱纹深得看不见底。这张脸如果打开，皮比
别人得多一尺。吃完一个馒头，他又换了酱油，蘸馒
头吃。依次换醋、胡椒粉。一样是一样，不混淆，吃
了四五个馒头，即武大郎说的炊饼，眼睛还看远处。
桌上这几样作料用完了，老头儿把馒头掰开，蘸白酒吃。我也算饮者，红黄白酒，饮过无数，但这回开了眼界。

酒虽好喝，但过嗓子眼儿那一瞬还是难受。老头儿把酒吸进馒头在嘴里嚼，这个厉害。我也情不自禁跟着嚼起来，后自我觉察，停止。过一会儿，老头儿脸红上来，皱纹也开了不少。他对我说："在吉林，人把蛇叫绣球。"

我怎么没听说把蛇叫绣球的，但没敢问。这老头儿样子太豪迈了。

隔几分钟，他又吃了两个馒头，说："蛇咬了拇指，昼夜不停赶到沈阳，正好不到 24 小时。"

我没什么蛇的知识，跟老头儿对不上话，问："给你要一碗羊杂汤？"

老头儿上下看看我，说："下水？那是人吃的吗？"

我正吃这玩意儿，顿觉自卑。左右看别人，还有好几个吃羊杂的，和我一个档次。

老头儿的馒头与酒俱罄，起身走了。外面正下雪，而我认为遇到了一位老英雄。

流水似的走马

　　草原上像房子那么厚的晨雾被旭日阳光晒薄之后，露出了马群，这是在夏营盘的草地上过夜的马。大片的马在山坡上伫立不动，等待白雾如冰块一样融化，露出马尖尖的双耳，宽大的脖颈和平直的、皮毛闪亮的腰背，它们仿佛是云端的神兽。当大片的雾干干净净地撤走之后，山坡上的群马沐浴着太阳洒向大地上的属于马的阳光。天空下面是和天空一样辽阔的草原，山岗因为穿上草的编织衣而显出线条的柔和。河流像在水面上扯了一面蓝旗，波浪哆哆嗦嗦。更远处，蒙古黄榆像信使一样孤独行走。在这样的天地里，你会觉得马是天地的主人，甚至比人更像这里的主人。

　　假如站在山坡上，你看到白云不动，山峰不动，河流似乎也没流动。马群动了，马群从草原飞驰而过，大地震动。这时候把狂飙、铁蹄、洪水或践踏这些词语用到飞奔的马群身上都合适。我不知它们为什么而跑，它们生来就需要跑。马从来没用过人的思维考虑从这里到那里，它们只知道自由。马群掠过，仿佛掠过一层叠着另一层的城墙，这些飞驰的城墙鬃发飘扬。马蹄抬起落下，泥土飞溅。棕色、红色、黑色的城墙飞驰而去，剩下的草地空寂，天空因为过于湛蓝而下坠。马的汗味被风吹远了，吹到秋天宽敞而肥胖的河面上。

草原上，牧民的房子显得孤零零的。如果房后的天空堆积着层层叠叠的云朵，房子就更加孤单。幸好，牧民的房前立着拴马桩，一匹或两匹马拴在上面。马低着头，尾巴梢儿扫来扫去。这样的场景比房顶的炊烟更显出生机。路过的人们看到拴马桩边的马就知道房子里的主人已经煮好奶茶和羊肉，他们不会拒绝与任何一个陌生人分享食物和茶。你只要说一说你家乡那边的雨水和草的情况。马在拴马桩边上安静地伫立，双耳如同谛听，像音乐家那样。音乐家谛听之时，表情似人在远方，马也是这样。

可是，海日苏台的外亚沁（驯马师）奔布说，草原上到处是铁丝围栏，马没地方跑了，往哪儿跑？奔布看窗外，窗外的草原已经禁牧多年，各家各户的草场都用围栏封着，偌大的草原竟然没有马的立足之地。况且，牧民大部分人骑摩托车放牧，不骑马了。广阔的草原没有马群奔驰，没有牛群和羊群的踩踏，草场退化了，草类品种急剧减少。

奔布是一位驯马师。蒙古语所说的"外亚沁"直译是拴（马）者，即把马调教成为走马的驯马师，外亚沁在牧区备受尊敬。在牧区匠人里面，驯马师面对的不是房子、木材或皮革，而是有灵性的马。驯马师把人类的灵性灌注到马的步伐里，他们比别人更爱马并懂马。在蒙古国，驯马师有自己的节日，这也是国家的节日。庆典开始时，拴马桩上拴一排马，升国旗。通常，蒙古国大呼拉尔（议会）主席担任全国拴马联盟主席。说起马，奔布的眼睛里带着欣喜与赞叹，他的情感世界里仿佛只有马。奔布说，母马会在12月生下马驹，马驹生出来就会站立，它摇摇晃晃地站着，过个五六分钟开始行走。小马驹吃母马的奶要吃一年，一年后，小马被儿马（公种马）从母马身边踢开，从此独立生活。奔布说着话会停下来，好像等待马群从他脑海里跑过。他领我们到房后的马厩里，两匹高大俊美的马拴在杨树上。奔布花六万元买的一匹亚麻色鬃毛的枣红马专事比赛。枣红马的眼睛看上去真是聪明，像两大块水晶一般洁净无尘。它用温柔的眼神看着我们，仿佛听到了奔布在屋里赞美它的话——它在乡和旗里得过两场比赛的第一名。它轻轻地抬起蹄子，放下，简直如行礼一般。另一匹黑马不安地挪动着，躲闪着陌生人。奔布说，易受惊吓的马都是可以驯成走马的好马。他说，马分跑马、走马、颠马。从两岁开始，驯马师就能看出它的前途（奔布对马使用"前途"这个词很赞）。

好马骨骼细，耳朵尖，鬃少，尾巴短，蹄子小，身体结实。好走马是驯出来的。驯马师会在草原深处找到一个特别安静的地方驯走马。他们把驯马当成一项至尊的事业来完成。喂多少料，喂多少水，每个驯马师心里都有自己的神秘规划。马吃了春天的草，长水膘，有肉没有劲；吃了秋天的草，身上才长油膘。驯马师眼里不光有马，还有草。他们会识别几十种甚至上百种草，如同一个药师，他们知道哪种草对马的膂力好、皮毛好、筋好、蹄子好。驯马师简直把自己的心都交给了马，人和马的世界完全融合了。驯马师说，给走马饮的水不能太热，也不能凉。所谓凉热，都由驯马师的感受来确定，他的温度感就是马的温度感，难分彼此。蒙古语把走马叫作交绕，那是走（而不是奔跑）得稳稳的、骑者手里端一碗清水也不会洒出来的坐骑。交绕走起来左右侧的前后肢一顺撇，如火车的车轮。走马虽然在走，但它的速度并不慢，而且平稳，一天走上一百到一百五十公里不算事儿。走马走过来，蒙古人觉得这就是艺术品走过来了。走马的四个蹄子轻巧翻盏，充满力量的脖颈微微前倾。它行走的节奏与在皮下窜动的肌肉群交织成舞蹈式的画面。走马知道自己是"交绕"，这足以让它一生骄傲，头颅如公鸡一般高高昂起。它知道它的步伐是有节制的艺术表演，不能出错，更不能由着自己性子来。走马之优胜不光身态稳健，还在它具备强大的耐力。蒙古人尤为赞赏走马稳定的心性，或者说忍受力。马的天性并不能让马按走马的节奏走，是驯马师的意志变成了它的技能。它每一步都按着走马的节奏走，不能心里起急而跑上几步，必须如此走上一生。这些路数，类似于人类禅修中的"戒"。禅修者常说"以戒为师"，他们认为没有戒就没有自由，如说走马。"交绕"这个词在蒙古语的语气里包含着称赞，是人对动物的称赞。最好的走马，蒙古语谓之"交绕乃交绕"，直译为"走马（中）的走马"，这是至高的赞赏。已故的伟大蒙古民歌手哈扎布唱过的那首《交绕乃交绕》，蒙古人家喻户晓。他们在说"交绕乃交绕"时，眼神纷纷带出景仰。人虽然是人，也可以景仰马，马身上有着人类远不能及的某些能力与品格。走马在速度和稳定之间的平衡力，绝不放纵的治心能力，比大多数人强多了。它们只是不说人言人语，也不写散文，它们也不需要说这种歧义百出的语言来混生活。哈扎布另一首民歌唱道："小黄马啊，哎依咿耶，哎啊，小黄马咿耶，你那巧妙的步伐，啊嘿啊咿耶，让人陶醉，啊咿耶。年轻的姑娘啊，哎咿耶，哎啊，年轻的姑娘咿耶，你那倔强的性格，啊嘿啊咿耶，让人啊哈嘿咿耶心碎，啊咿耶。"这是人类唱的歌，啊哈嘿咿耶。交绕没唱过歌，所谓"车辚辚，马萧萧"在说马的嘶鸣。马倌说，马嘶乃是呼唤同伴，此马呼而彼马应。打响鼻，是马跟人打招呼。马倌的坐骑大多是一匹好走马。下大雪，人找不到路了，马知道路。夏季，马倌在牧场上睡一觉，醒来找不到马群了，他的坐骑带着他找到马群。马和骑手知道彼此的汗味。骑手说，马知道人的心事，会分担人的悲戚忧伤。你难过的时候，马走得很轻很轻，好像不敢踩到一棵草。你高兴的时候，马也会走得兴高采烈。有这样一匹马，人就知足了。

牧民管走花步的走马叫"乌仁交绕"，天赋高的走马叫"乌日嘎交绕"，步幅大、步频慢的走马叫"童门

交绕"（骆驼走马）。他们管最好的走马叫"沃日宋木交绕"——流水似的走马，它的蹄子像河面上细碎的波浪，它的皮毛反射的阳光像河面回映的光斑。骑在这样的走马上，就像坐在飞毯上，不管地面是否坎坷，好走马走得像在云彩里。

可是，马能活多大年龄呢？驯马师说，马能活上二十多年。白马寿命最长，能活上三十年。马也有出头之日，在赛马比赛中获得第一名的马有可能被封为"达日罕"。达日罕在蒙古语里有"上端的、不可触碰的、被禁止的、神圣的"等含义。被封了"达日罕"的马（也有牛或狗）终生不被使役，死后主人会把它的遗体抬到山顶上，头朝着太阳升起的方向，脖子上系着五彩的绸子（在牧区，五彩绸子是佛爷的衣服，装束神圣），至此，马享受到无上的荣光。

然而，这只是传说，是牧民们期盼的马的归宿。事实上，马是怎么死的呢？在牧区，我看到装载牛羊的大货车从公路上开过，心里常常很悲哀。大货车的铁笼子分成几层，里面像装货一样塞满羊，远看像拉着满满的羊毛。羊被拉着离开了它们的故乡，或者说离开了它们活过的地方，它们被拉到屠宰厂，变成羊肉。"屠宰"这两个字，看上去就让人心惊肉跳。如果不是这样呢？草原上到处是羊和牛，不是吗？然而，马跟羊不一样，没有人吃马肉，何况马跟人的感情这么深，马的归宿到底是怎样的呢？

驯马师、马倌和牧民们不愿意听到我提这个问题，他们回避这个提问，或者干脆拉下脸，很不高兴。这是怎么回事？我听说马是有人养老的。驯马师奔布脸转向窗外，我从玻璃上看出他脸上有泪痕的反光。作为哺乳动物的马，老了之后跟人老了一样，生出很多退行性疾病，谁去照顾它们？马老到牙齿脱落的程度，吃不动草，也吃不动料了，喂它们什么？能眼看着它们活活饿死吗？后来怎么办了？他们起身走出屋子，屋里只剩下我一个人。那天晚上，镇干部嘎拉僧悄悄告诉我："马老了之后，卖给外地人了。外地人开车来收马。"我问："外地人收马干什么？他们收购不能赛跑也不能拉车的老马做什么？"嘎拉僧像没听到我这个提问，不予回答。后来我想明白了，外地人把老马拉到屠宰厂变成马肉了，又叫商品。这么一想，我感到很气恼，这些赞美马的歌曲和赞词竟这么虚伪，马也没摆脱跟牛羊一样的命运。有一天我放下了这个恼人的心事——如果不这样，又能怎样呢？尽管马倌们说起这个事心情很沉重，但负担马的养老任务，对他们来说更沉重。难道不是这样吗？马，聪明的通人性的马啊，原谅他们吧，包括原谅他们唱过赞美马的歌，那是老祖宗留下的民歌，他们不过是为吃上一口饭而奔波的牧民。

月光下的白马

　　我住在牧民香加台的家里。那天晚上到公社听四胡演奏的比赛，回来快后半夜两点了。刚要推门，听马厩传来沙沙声。子夜的月亮转到了天空的右边，正好照在马厩里，白马低着头嚼夜草。

　　月亮比前半夜更亮。亮这话也不对，像更白。两寸高的小草都拖着一根清晰的影子，屋檐下压酸菜的青石变为奶白色，砖房的水泥缝像罩在房子外的渔网。

　　马抬起头，见到我没有丝毫惊讶，大眼睛依然安静，鼻梁上有一条菱形的青斑，它的脸庞和脖颈的血管粗隆。

　　马站着睡觉，我从小就对此感到奇怪，到现在也没人告诉我这是为什么。我此刻惊讶的是，月光下的马像从另一个世界来的动物。人类民间故事里有狼和羊的故事，有熊和老虎的故事……狐狸的故事最多，这一点狐狸自己都不知道。民间故事却很少说到马，

《西游记》也没让唐僧的白龙马参与到太多不着调的事情当中。"默默"这个词最适合于马。

香加台的白马抬起头，看着马厩外边的花池子，披一脸的月色。三色堇的花瓣开累了，仰到后背；一株弯腰的向日葵，花蕊被人将去了一半，露出带瓜子的半个脸。马看着它们，没什么表情，像在回忆自己的一生。

马的眼睛没有猫的警觉、狗的好奇，也没有猪的糊涂。对半夜有人参观马厩，马好像比人更宽容。从眼神看，马离人间的事情很远，离故事也远。而猫狗的惊慌哀怨、忠勇依赖证明它们就在人中间。

马缓慢地嚼草，好像早晚会嚼出一个金戒指来。我想，把"功课"这个词送给马蛮贴切。马嚼草与蚕食桑叶一样，仿佛从中可以构思出一部歌剧来。故事的旋律怎样与人物旋律相吻合，乐队与人声怎样对位，这些事需要彻夜不眠地思考，需要嚼干草。我从小在我爸"不要狼吞虎咽"的规劝中长大，几年前终于得了胃病。我觉得我爸的规劝像在空中飞了几十年的石子，最后落了地。我之狼吞虎咽、之不咀嚼、之消化液不足，让胃承担了负累。如今我看马慢嚼、看小猫每顿只吃几口饭、看公鸡一粒一粒地啄食，觉得它们都比我高明，虽然它们的爸什么也没说。

香加台每天早上骑这匹白马出去飞奔，像办公事，实际什么事也没办。他说马想跑一跑，马不跑就要得病了。香加台的马从毯子似的山坡跑下来，尾巴拉成直线，它的两个前蹄子像在跨越栅栏。马飞奔，像我们做操那么简便。

马跑完，香加台牵着它遛一段路，落落汗。蒙古人从马背上跨下来，双脚着地就显出了笨。他们走路不轻捷、不巧妙。没有马，他们走路沉重得不像样子。

月光下的白马嗅我的手，我摸了摸它的鼻梁，它密密的睫毛挡不住黑眼睛里的光亮。我忽然想起在锡林郭勒草原，一匹飞驰的白马背上有个小孩，敞开的红衣襟掠到后腰。马在一尺多高的绿草里飞奔，小孩像泥巴一样粘在马背上。那匹马好像又回到了眼前，在月光下如此安静。

马群在傍晚飞翔

群马聚到一起飞奔的时候变成了鹰，变成气势汹涌的洪水，幻化为杂色的流云。

马群跑过去，没有什么东西能阻拦它们，四蹄践踏卷起的旋风让大地发抖，震动从远处传过来，如同敲击大地的心脏。大地因为马蹄的敲击找回了古代的记忆，被深雪和鲜血覆盖的大地得到了马群的问候，如同春雷的问候，而后青草茂盛。

原来，我以为马就是马，而马群跑过，我才知它们是大群的鹰从天际贴着地皮飞来，鹰可以没翅膀而代之以铁铸的四蹄降临草原。马群跑过来，是旋风扫地，是低回在泥土上的鹰群。

马群带来了太多飞舞的东西。马鬃纷飞，仿佛从火炭般的马身上烧起了火苗。马在奔跑中骨骼隆突，肌肉在汗流光亮的皮毛后面窜动。马群上空尘土飞扬，仿佛龙卷风在移动。奔跑的马达到极速时，它们的蹄子好像前伸的枪或铁戟，这就是它们的翅膀。它们贴着地面飞翔，比鸟还快。置身于马群里的单匹马欲罢不能，被裹挟着飞行，长戟的阵列撕裂晨雾。

马群纷飞，它们在那么快的速度中相互穿插、避让，从不冲撞，更没有马在马群中跌倒。鸟群在天空也没有鸟被撞到地上。动物的智慧——动物身体里神经学意义的智慧比人高明，它们有力量、灵巧、还美。动物不用灯光、道具、服装、化妆和音乐，照样能够创造震慑人心的美。

马群飞过，对人来说不过是几十秒的时间，人几乎什么也看不清楚，它们已经跑远或者说飞走了。

马群去了哪里？以马的力量、马的速度、马的耐力来说，它们好像一直跑到南方的海边才会停下来。我见过埋头吃草的马群，但没见过奔跑的马群是怎样停下来的。是谁让它们停下来？是什么让它们停下来？

马群在草原徜徉吃草，十分安静。马安静的时候，能看清它一下一下眨眼。吃草的马安静，马群在奔跑时如同一片云。云也奔跑，云峥嵘，云甚至发出雷鸣，但云也是安静的，这和马相同。云更多时候穿着阿拉伯式的丝制长衫在天边漫步，悠然禅意，与吃草的马群相同。

草原辽阔，晴空如澄明的玻璃盅扣在长满鲜花的青草盘子上，它叫作大地，又叫草原。羊群、牛群和马群虽然都成群，但在草原上也只是星散的点缀。马低头吃草，好像闻到了自己蹄子上的草香，风吹开马颈上的鬃毛。马的安静不妨碍它飞奔，马的雄心在天边。

在草原，每天都见到几次马群的飞翔，它们从山岗飞到河边。恍惚间，它们好像从白云边上飞过来，要飞越西拉沐沦河。它们可能被《嘎达梅林》的歌词感动了："南方飞来的小鸿雁啊，不落长江不呀不起飞……"马群要变成鸿雁，排成方阵在天空飞翔，它们渴望从高空俯瞰大地。马想知道大地是什么，为什么生长青草和鲜花，为什么流过河水，为什么跑不到尽头？

马站在山坡上吃草，马群飞翔。它们背上的积雪融化了，马的眼睛张大在雪幕里。马群在傍晚飞翔，掠走了夕阳，最后总是停在河岸。鸟群也如此。它们并未饮水，而在瞭望天地间的苍茫。

王　三

我来草原，已入九月。本应该翠绿无边的草原褐黄无边，是土的本色。不少牧民早上醒来，一看窗外眼泪就下来了——土地跟冬天一样，这哪儿是夏天啊！

我住在苏木（公社）招待所。院子里栽种的西瓜、茄子和白菜绿得抢眼，跟夏天一样。院子里有机电井。

头一天早上，我让骂声吵醒。一个女人骂："你个不要脸的王三，臭王三！"

我扒窗看，做饭的妇女手指着天空骂，脸涨红，用围裙擦嘴角的白沫。她姓田。

奇怪，这么偏僻的地方，一清早就有人上公社招惹她啦？也可能贼偷了厨房的东西，跳墙跑了？

早饭是奶茶和肉包子，有切得整齐的咸菜条。女厨师忙着上茶、端包子，我想问王三的事却没好意思张口，兴许是他们两口子吵架呢。

　　吃完饭，到菜园溜达。红砖尖角砌的畦子里，白菜舒卷肥硕。菜畦外边的青草快枯死了，闭眼睛等咽气呢。从开春到九月份，这儿没下过雨。菜畦里的青椒、西红柿长得都好，生机勃勃的。人到这儿都想当菜种上。

　　再看，菜畦里晾着打开的西瓜，白瓤就开了，不好吃被扔掉，也有红瓤被扔的。在乡下，败家子才这么干。

　　公社的院子大，赶上两个足球场那么宽绰。红砖墙围着一排天蓝色彩钢瓦屋顶的房子。出太阳前，几百只雨燕在彩钢瓦上空兜圈子，落下，全站檐上，脑袋对着院子，好像特听话。墙边种一排向日葵，近前瞧瞧，花盘的瓜子少了挺多，露半拉白脸。

　　傍晚，我在屋里点燃艾草，准备熏蚊子。窗外又有女人骂："王三你出来，看我怎么收拾你？臭王三，你个挨刀的货！"

　　王三是男还是女？当然女的也可以叫王三。我有个女同学就叫周三。再扒窗看，院子里没人。这一阵儿，苏木干部到各村抗旱，不来上班。我尽视野扫视从大门到菜地到办公室到简易厕所的大院之内，没人啊！只有一排喜鹊站高压线上。王三躲哪儿去了？也许这个女厨师有妄想症，独自说话。我耐不住好奇心，出了门。女厨师见我，羞涩而灵巧地转回自己房间。她四十岁出头，还会羞涩几年。

大片的火烧云在西天布阵，预示明日又是无雨的响晴天。喜鹊像跳水一样从电线上钻下来，在墙根奔走。公社大铁门已经关上了。王三看来挺阴险，不现形，却没停止骚扰活动。

第二天我起得早，沿公路跑步回来，见女厨师用铁锹头端着两只死喜鹊往外走。

我问："咋回事？"

"我药死的。"

"你咋还药喜鹊呢，多不吉利？"

"要什么吉利？这帮家伙把葵花、西瓜、西红柿都祸害得不像样了。"

"噢，喜鹊干的坏事。"

她把死喜鹊扔到公路边的垃圾堆上，说："可惜没药死王三这个坏种。"她拿铁锹头往高压线瓷壶上指，

那儿站着一只大喜鹊。

"王三是喜鹊啊？"

"对，我给它起的名。它是这帮坏喜鹊的头子，指挥喜鹊往下冲、上墙、祸害瓜菜。都旱成这样了，还祸害东西，真不要脸。"

"王三认识你不？"

"认识。你说它不要脸到了什么程度？把我洗晒的衣服叼下来，拿爪子踹、拉屎。它跟我记仇了，报复我，还站窗台上隔着玻璃朝我瞪眼睛。它们嗑瓜子不吃仁，光嗑，这叫啥玩意儿？"

没过两天，女厨师撒在墙根用农药泡过的菜被一只溜达进院的牧民的羊吃了，羊死了。女厨师用工资赔了羊，被辞退回家。

这个院子里只剩下我和王三。它与我对视几天之后飞进院子，甚至到我身边散步。我对它说："你害死了你的同事，害死了羊，害得女厨师下岗了。"

王三像沉思，尾巴翘起来如令箭一般。它翅膀上的黑羽并非纯黑，有宝石的浅蓝色泽。

我忘了问女厨师，为什么管它叫王三呢？我怎么看都看不出这只喜鹊哪一点像王三。

乌鸦站在秋天的大地上

从格日僧往东，一直到新苏莫，秋天的大地仿佛沉浸在往事中。早晨的白雾八九点钟才散尽，牛毛黄的荒草被雨浇过，贴在泥土上。褐色的大地延伸到地平线的雾岚里，好像在想一件事。大地如果想一件事，四周都变得静悄悄，像在帮它想。夏日的牛群和野花去了哪里？雨水去了哪里？野鸭子和像踩一双滑雪板飞翔的蓑羽鹤都无影踪。大地失去了这么多的东西，势必要闭上眼睛想一想。

乌鸦第一个闯入草原的早晨，即使没有人，它们也"呱呱"叫着，听取从远处传过来的回声。仔细辨析，乌鸦们叫得短促，是半句话，等待别的鸦来接续，"咕——呱"。像说相声有捧有逗，"嗯""啊""那是"。它们的音长，刚好跟扇动翅膀的频率符合，也像借力。过一会儿，乌鸦站在了泥褐色、带着白霜的大地上。

乌鸦赤着双脚，结霜的泥土上留下它们的足迹，像国画所谓皴，钉头皴、拖泥带水皴。动物都赤脚，而在秋天看到赤脚的乌鸦，让人感到它们一年当中一无所获，甚至没得到一双短靴子。草原上没有粮食，乌鸦们三三两两站着，抬颈看，似乎对不长庄稼的土地感到气愤。

我一步步朝乌鸦那里走，不知哪一步让它们起飞。走到很近的地方，瞧见乌鸦翅膀有几根大羽闪蓝光，像高级的漆，黑里暗藏着深蓝。如果不是乌鸦，连宝

石都放射不出这么神秘的色泽。人说乌鸦聪明，像水里的海豚。我觉得海豚更友善一些，乌鸦显得傲慢。它一定高估了自己的智力和嗓音，也高估了黑色的高贵含义，因此跟其他鸟类格格不入。看不到乌鸦有什么朋友，譬如乌鸦在枝头跟黄鹂对唱，没有的事。

乌鸦在岑寂的大地行走，感到秋天的荒凉，像一只大筐空了，里面的好东西都被拿走。乌鸦其实很善良，知道大地的疲惫，来到这里散步，是为了与大地做伴。大地在秋天没有伴儿了，喜鹊到村里杀羊的人家报喜，麻雀飞到收割粮食的地方，草已经休眠，只有乌鸦来这里散步，想引发大地的对话。乌鸦赤着脚，一抬一放，在大地身边走来走去。

花雀和花斑的鸟蛋

我喜欢的书里有两本鸟类辞典。那本《世界鸟类彩色辞典》记录了据说是全世界的鸟儿。翻开这本书，我从人世界顺利地进入鸟世界，美而好。我说不好最喜欢哪只鸟儿。一般说，非洲的、大洋洲的鸟类羽毛绚丽，但读书读不出鸟的啭鸣，也看不到鸟儿飞的样子，因此我认为它们都好。

鸟儿的小脑瓜和圆圆的眼睛惹人喜爱，而它们的羽毛令人崇拜。每根羽毛都比瑞士手表精密。你盯着羽毛看久了，觉得小鸟周身披的都是树叶子，脉络从主干分开，向外长，如一棵树。鸟儿背上的大羽毛是它的大叶子，肚子上还有小圆叶子，一片压着一片。脖子上的一圈儿小叶子色泽华丽，公鸡为甚。一只小鸟有这么多毛树叶包着，还不让人崇拜吗？不崇拜鸟儿，你还想崇拜谁呢？如果你觉着褐色羽毛不像树叶的话，翠鸟的羽毛与树叶几无异矣，而这圆矮的小绿树顶上探出鸟儿的小脑袋和滴溜乱转的圆眼睛，多么可爱，它从一团树叶里钻出头颅。然而，羽毛比树叶更精致，通风轻质光滑防水，这就是鸟儿，上帝骄傲的作品。它静立枝头，就足以令人赞叹，好像是一件放在枝头的工艺品，而它，"扑喇"一下，飞起就没了踪影。这个能耐绝不是一般的工艺品所能具备的。故宫里摆放的那些珍玩——譬如翡翠蝈蝈——也没有"扑喇"一下飞出屋的。

鸟儿啊，美丽的鸟儿——其实我特想写下它们的学名，可是记不住，除非照着抄——鸟儿的学名不像人名那样平易近人，比如刘国瑞啦，王丹丹啦。鸟儿的名如杰克黑寡妇雀，这哪像学名，像谩骂。鸟类学家给它起的就是这个名字。还有僧帽燕，不像名字，也没征求鸟儿的意见，这些名字取得基本上不成功，所以我记不住。

我喜欢在树林里走，我知道树枝里藏满了小鸟。倘若树叶动一下，即有鸟儿飞出或飞入，只见叶动，不见鸟影。鸟儿的鸣唱是树端的合唱的河流。"流"的意思是，小鸟唱歌带出尾音，比如"的卢——"，它把"的"唱完，"卢——"留在树林里。你感觉这个玲珑的"卢"的余音从这棵树串到那棵树，在流动。有的鸟儿唱的歌词是"观鱼——"，那么这个华丽丽的"鱼——"，像飞鱼一样穿过树叶，飞进林边的池塘。

在林里走，小鸟"嗖"地落到你身边，如有人在暗地里扔过一块小石头。它关闭翅膀，针似的小喙在地上啄两下飞走，也不知吃没吃到东西，也可能只是走走形式。我曾趴在小鸟飞过的地方仔细观看有什么可吃的东西——草籽、甲虫什么的，但什么也没有啊！在其他地方，我也趴地上观看鸟儿之食品，什么也没有，只有石子、沙砾、蚂蚁。有一天，一只鸟儿暴露了它们假装在空无

一物的地面上大吃大喝的秘密。这只鸟儿"嗖"地飞下来吃东西，"嗖"地飞走。我看到，它只是以角质的喙在地面左右划了划，像人在水缸沿上杠菜刀一样。这就对了，如果树林里无端地冒出许多米粒，农民还种粮食干吗。它们只是在大地划划嘴。嘴馋了，划一划可以解馋。以后，我馋什么东西吃，拿手绢在嘴上擦一擦也算吃过了。

动物园大鸟笼的一根横棍上落着各式各样的鸟儿，像摆了一趟花，如果不是它们脖子太灵活，远看真像花。现在想，它们就是花（不光是树）。小鸟头顶、冠子、脖子、翅膀、尾巴由各种颜色的羽毛组合，像花瓣与花蕊的组合，鸟儿如花。

小鸟是身披羽毛的花朵，飞来飞去。我愿意当小鸟有一百条理由。有一天我在脑子里把这些理由梳理了一下，去掉20多条，增加了6条。我想我主要是喜欢俯瞰大地，看人只看到他们头顶的百会穴，看人的脚尖从脑袋下面左一只右一只地蹿出来，这就是人，人在行走。作为高傲的鸟儿，我无须看到人的脸长什么样。在鸟儿的眼里，人高矮如一，只见肩膀而无胳膊腿儿，他们如甲虫。鸟儿看到河流像一匹白布那样展开，闪着白光，看到金黄的稻田飞过白色的鹭鸶。鸟儿看到的山峰并不多，其实没有峰（峰只是山顶的几块石头）。云雾在山脚围成一个环，好像谁吐的烟圈儿套在山上。鸟儿从来不说"道路"这个词，它不知道"道路"是什么。上下左右"扑喇"一下飞就是了，为什么去寻找道路呢？鸟儿虽然有爪子，也会走一点路，但爪子用得很节省，有翅膀的生物谁还走路，谁还奔跑，谁还会在操场上转圈跑步呢？至于说，人穿皮鞋，穿凉鞋，更让鸟儿笑话。不会飞的种群，费脚啊！

鸟儿落在树上，替这棵树当一会儿花，飞走，去另一棵树上当花。小鸟选又高又直的树做巢，下蛋孵小鸟。鸟蛋上带着花斑点、褐斑或黑斑。鸟类学家说这是伪装色，我以为不尽如此。小鸟从鸟蛋里孵出，张着黄嘴大叫，之后羽丰，在天空飞翔，成为一只美丽的、歌唱的、树的、花的、俯瞰大地的、清洁的鸟儿。

鸟儿叮咛

没有比鸟儿更絮叨的了。鸟儿如果在地球上消失，一半是说话累死的，另一半是被其他鸟儿说话吵死的。

一棵大树，树叶何止千片？每片树叶后面都可以藏一只鸟儿，吱喳没完。我在树下，耳边环绕哗然鸟鸣，几百只或者上千只鸟儿一起说话。我用耳朵分辨不出有多少只鸟儿，心里也算不过来一瞬间有多少只鸟儿叫了多少声。就像大铁锅炒黄豆，你算不出一秒钟爆多少声，记不住哪粒黄豆爆了，只见黄豆此起彼伏地抽搐，"叭叭"，然后"叭叭叭"。

人见得到锅里的豆子，见不到树上的鸟儿。仰视树，只见到树，而鸟儿的话语像被筛子筛落一般漏下来，比落叶还多。假如鸟鸣的声波可以用颜色标注——在一个可视的仪器里，那么，这棵树将落下粉红、莹蓝、明黄的光粒，是一串烟花似的鸟鸣。

听声音猜不出小鸟羽毛的颜色，不知哪会儿，一

只小鸟"嗖"地弹到地上，啄一口东西仰头咽下去
（鸟儿动作太仓促，吃没吃到东西弄不清）。这是蓝羽
毛的鸟，比麻雀小一圈儿。它向后梳的背头一直梳到
尾巴上，是孔雀蓝——我姐小时候有一条这种颜色的
条绒裤子——它的眼睛描了白圈，喙是……它飞了。我
听到树上鸟儿的合唱中有一声弱弱的"唧唧"，是它在
叫吗？又有一只翠鸟以眨眼般的速度落下来，像被别
的鸟儿从枝上挤下来的。这只小

鸟转圈儿蹦高，何

事乐得蹦高？它

翅膀如柳树的嫩

叶那样绿，脊梁像柳树到了秋天，深绿里带着灰。这
只鸟儿的叫声是"吱儿、吱儿"，像往葱叶里吹气发出
的声。它飞走了，演出到此结束，再演该收票了。

　　我在树下坐着，尽量不动，也不敢打喷嚏和呼噜，
为看到从树枝上下凡的小鸟。我希望每一种类的小鸟，

或每种音色的小鸟派一个代表下树接见我。我承诺不动手捉你们，我把两只手紧紧攥在一起，不动。鸟儿下地散步的少，除了蓝的、绿的和两只灰鸟下来待过几秒钟。这四只鸟儿胆子忒大，敢在人身边待上几秒钟。

现在是早上，从屋脊越过的阳光照在草地上，没漫进阳光的草地上还有白霜。青草站立，而去年的枯草还匍匐。

鸟儿一天的话说在早上，中午、下午和晚上听不到它们发声。它们在说什么呢？鸟儿一定看到了人看

不到的有趣的东西，交流所见。昨夜下过雨，落叶松下面棕色的松针被洗得干干净净，像一地打碎的木梳齿。鸟儿们传布着一个消息：松树下面摆着木梳，卖木梳了！喜鹊喜欢从这棵树梢飞到另一棵树梢，空中只出一声"嘎"，落下再叫"嘎嘎"。鸟儿里面，它算寡言者。喜鹊没办法像小绿鸟、小蓝鸟、小灰鸟那样在树枝上乱钻，它的大尾巴碍事。

湖上的冰层化开又冻，再化再冻，现在剩有奶酪薄厚。冰下模糊移动的黑影，是草鱼的脊背。花猫把人吃剩的鸡骨头拖进一个废弃的洋铁皮炉筒子里。这些事都看在鸟儿眼里，是它们谈话的内容。树林西边是一个铁道线，火车汽笛一如圆号的声音，浑厚而干净。当年设计火车汽笛的人一定是一个音乐家。火车停下来的时候会泄气，"咝——"，白雾包围了机车，它仍然缓缓移动。而到了晚上，一辆火车飞驰而过，窗户如一串飞越夜空的灯笼。深夜里，见不到车，只见灯笼飞奔。这些事情都是鸟儿要说的话。

南面的湖水已经开化很久，有两只野鸟泅水，脖子一伸一缩，如互相叮咛——水凉啊，是的，水凉。——

但天气很好，不错，很好。——你觉得有风吗？不是风，是树林的气息。

它们游着，它们端详对方游，仿佛不留神，对方就会沉下去。水面从野鸟胸脯间划出八字的微痕，它们点头、互视，不断叮咛。树上的鸟鸣，也可能是朋友之间的叮咛。它们不怕别的鸟听到，别的鸟儿也不怕别的鸟儿听到。说话声乱成一锅粥，不怕听。

对，鸟儿们说的话跟猫无关，跟火车也无关，是彼此体贴的情话。它们一遍遍叮咛对方，不管对方是不是在听，一直说到筋疲力尽。

鸟 居

辽宁大学操场东侧有一个掷链球的场地，六菱形，五个面由三米高的铁网拦着，另一面是链球出口。从未见什么健儿掷链球，水泥地的边缘长满了苜蓿草和拉拉蔓，网上有几只快乐的小鸟。

鸟儿的双爪在胸前捉住铁网的丝格，像我们抱着一棵树，眼珠滴溜溜地张望，这一定很舒服。如果人攥着铁栏杆向外看，样子就很悲壮，让人想起诸先贤，喜欢俄苏歌曲的则以喉音低唱"感受到不自由是莫大的痛苦……"车尔尼雪夫斯基最爱唱的歌曲。但鸟儿振翅一飞，已到铁网的另一面，双爪当胸了，非常妥帖，这个网的上空是敞开的。原来鸟儿这么喜欢铁网，动物园里也是这样设计的。辽宁大学的鸟儿不断伏在铁丝网的里面和外面，从外面看里面，又从里面看外面，很懂哲学。

我走过去了，三只小鸟很不情愿地飞到树上，齐齐地看着我，担心我搞乱它的家园。其实没什么可搞乱的，既没有床单，也没有冰箱、彩电。我很累，刚跑完五千米。为了让小鸟忧心如焚，我故意弄乱沙子，用手指在铁丝网上飞爬。它们一定含着眼泪想，完了！完了！这家伙要占领这个好地方。

网下是茂密的草，苜蓿在每个叶的腋窝里都探出一束未放的花朵，边缘是艳红的，像我们小时候，左手攥着右手刚露出一点儿的五个指头，假装是狗爪子。或让别人猜哪个是中指。苜蓿未放的小花也这样使劲攥着，花一开，雪白，红色一点儿都没有了。

兔子最爱吃苜蓿草椭圆深绿厚实的小叶子。我曾经问过曾祖母："兔子吃苜蓿到底是什么滋味呢？"她说："就像你吃苹果一样。"这话给我留下的印象非常深。后来一见到苜蓿草，就焦急地张望，希望有兔子来。而见到一望无边的苜蓿，竟替兔子心疼了。

拉拉蔓是琐碎的东西，从头到脚全是草籽，假装富足。你难道想冒充麦穗吗？看到草的高低起伏，我想上帝在云端看人间的森林也不过如此。因而我希望在阴翳蔽日的草的枝叶下，走来一队小心翼翼的探险者，即使我在其中也很好。打着裹脚，握刀的手早已汗湿了。这时我想起小学一年级时，老师教的一首歌：

　　高高的兴安岭

　　　一片大森林，

　　森呀林里住着

　　　勇敢的鄂伦春。

　　一呀一匹马啊

　　　一呀一杆枪……

唱"一呀一……"的时候，舞蹈如下：一只手放在背后，另一只手伸出，一条腿抬起，头偏向一方。可见当一名鄂伦春人也是快乐的。那么这里就是小鸟的兴安岭吧。

我不再久留，刚离开链球场，三只小鸟箭一般地扎下来，回到它们魂牵梦绕的家园。什么东西都有一个顶好的去处，譬如我们认为黄山好。对小鸟来说，能到带铁丝网的链球场最好，它们——用旧小说的话讲——在此享尽了荣华富贵。

苹 果

那天我走在街上，水果店的卷帘铝门"咔咔"拉起来，让我看到了一个美满的世界：灯光下，黄的杧果、红的西红柿、绿西瓜和大白梨摆成一个个斜坡，像提醒人们别忘了世上有如此多鲜艳的色彩。我进去逛了逛，检阅这里的新疆枣干、鱼雷式的榴梿和伊朗椰枣。我看到胡乱写在纸壳上的"伊郎椰枣"几个字，伊朗的"朗"都写错了。我无由想起《一千零一夜》的故事，觉得有一种水果应该叫"阿拉丁神灯"才好。我看到挤在一起的苹果，突然感到苹果们好像是一群客人。我的意思是说，它们不像是食物，像一群兄弟，刚刚从早晨醒过来，脸上带着回忆的表情。

我拿起一个苹果，看哪边是苹果的脸。员工喊："不许挑。"我哪里在挑，我在想苹果在想什么。苹果，盘子里、桌子上、网兜里的苹果都像客人，平和圆满，带着正派的鲜艳与富足。苹果安详，它的笑意在脸上转了一个圈。还可以想象，柚子是厚皮大象，西瓜是农夫，栗子是蚕蛹的堂兄弟。

有表情的苹果可能在回忆着树上的事情。月夜，苹果从枝头看见露珠的光亮，月光照着苹果没被晒红的另一边。结苹果的果树显得比其他树更富有。假如树会走动，松树和杨树都要走进果园参观结苹果的是什么树，这是树里的奇迹。松树猜想苹果有没有松香的味道。所有的树都有一个愿望：吃苹果。它们想知道苹果是什么味，有没有土和木头的味，而苹果树缄默微笑。假如告诉树们，苹果香甜，它们会更疑惑：苹果树从哪里找到的甜，难道土里有甜吗？

苹果的笑容从红的那一天开始一点点加深。秋天，从哪一个角度看它都是热烈的笑脸。我看到苹果就想起“满足”这两个字。苹果满足什么呢？它好像比其他水果心里都有数，不像柿子一肚子稀粥。山楂红得过分且很酸，苹果一心一意的甜。

我在农村看守果园，后半夜总像听到笑声，不是风吹树叶的声音，也没有下雨，月亮也没出声。笑声更不像偷苹果人发出的，他们笑也要回家笑。我背着那杆没枪砂也没火药的鸟铳巡视，果园很安静。回到窝棚躺下，笑声又隐约传来，像有人讲故事把小女孩逗笑了，又像儿童下五子棋下高兴了。现在想，这该是苹果的笑声，它们个个有那么圆的笑脸，怎么会没有笑声呢？

蜜的秘密

我们在花里看到的是花瓣，是美人意态和飘零。蜜蜂在花里看到了蜜。

蜜在哪里？

娇嫩的花蕊生在花的中心，像蛇芯子，像微型豆芽，像海洋生物的手足。哪里有蜜？花蕊的冠上有一点点花粉，这是蜜源。世上所有的蜜都来自如此稀少的花粉，蜜蜂把它们酿成蜜。

人在世上浑浑噩噩几十年，不明白的事情太多了。比如曾经吃过蜜，却说不清什么是蜜。

蜜何止于甜？它是成分复杂的能量，也是生物体。蜜纯净如琥珀。我宁愿把琥珀看作是远古蜂蜜的结晶，我希望它是蜜的化石，切成一个戒指面戴在手上。蜜抱着手指睡觉，手隔着银子甜。

蜜的汉语发音轻柔甜美，吵架时用不上这个词。"你蜜"，听上去不狠。

蜜是世间最神秘的东西之一，它不同于纯朴的粮食，要去壳碾压，要煮熟果腹。蜜从蜜蜂（嘴里还是肚子里，哪里不清楚）那里到人口中，融化了一个甜的秘密。蜜在前世就知道人想蜜，知道舌爱蜜，最神奇的是蜜蜂知道蜜在哪里。只有蜜蜂知道花里有蜜。

花多干净。我们以为花仅仅负责人间的美，人把花的图案印在布上，雕成花放在房檐上，故宫影壁墙上刻着琉璃的荷花。花迎风摇摆，一如有情。花临水揽照，一如幽怨。花不语，人却从花容里分明看出了笑容。而花竟是蜜蜂的粮仓。蜂没吃掉花、没嚼碎花却采到了蜜，蜂从美里找到了粮食。

对于人来说，蜂蜜提供热量、愈合创面、止痒、解毒、甜。对蜂来说，所谓蜜是它一生的事业和负累。除了采蜜，蜜蜂什么也不会干，不会打猎，不会吃草。可是，会采蜜的生物什么也不需要干了，采蜜已近于天使，无须会其他技能。

在蜜蜂面前，我每每自惭形秽，我会的手艺虽多，肚子里却没有一滴蜜。我也没见过其他肚子里有蜜的人。所谓甜言蜜语都是干坏事之前的铺垫，肚子里也没蜜。即使蜜蜂不再酿蜜，它的形态也令人敬重。金黄色带黑条纹的肚子有一些豹的不羁，又生出透明的翅膀，上有河流般的网格。翅膀是蜜蜂的代步工具。它如此辛劳，上帝让它再辛劳一些，给它安了个翅膀。众所周知，长翅膀的生物没有哪个懒惰，不停地飞啊飞。人懒，原因之一是没翅膀。人若插翅，会加速户籍制度的灭亡，不亡也无用，人已飞了。海关的设立、边检站的设立、护照、飞机、汽车乃至婚姻制度的存在，皆因人无翅膀。有翅之人还坐什么飞机？办什么护照？结什么婚？打一圈麻将的时光，人已飞出好几个县。就算胖人，也飞出好几个村子了。人长了翅膀，无须买房，谁家房子好，上他家房檐住去。唯人心念太多太杂，上帝不让人长翅膀，让人膜拜车和房。

蜜蜂像手脚沾着

面粉的女人，沾的却是花粉。它们说不出话，用翅膀代替嗓子，"嗡——"。蜜蜂一辈子只发这一个音："嗡。"别人以为它还接着发嘛、尼、叭、咪、吽。蜜蜂却止语，只"嗡"，嗡的意思是热闹，热热闹闹，办采蜜这么大一件事，不可能一点声音都没有。蜜蜂带着它的花肚子，藏着它的暗刺，翅膀扇出人之视网膜识别不出的频率，在花丛蹀躞徘徊。

人在槐花里待一天能让香味熏死，蜜蜂却清醒。那些枣花、荞麦花、苹果花、黑莓的花，是蜜蜂一生的工作车间。它在花里度过匆匆忙忙的一生，它知道花瓣的质地、花蕊的弹力、露水的深度，它手脚并用搬回来蜜。蜜蜂用太阳光照的夹角计算自己的路程，它从带白绒的叶子上听到植物的呼吸。

蜜的秘密无人知晓，人们吃掉蜜忘记蜜的味道。除了吃喝玩乐，人会忘记一切。蜜蜂在劳动中、飞翔中、睡梦中忘不了蜜，它把蜜安放在蜜的位置。它继续飞，风告诉它花的位置，太阳与它复眼的夹角告诉它返程的路线，蜜蜂"嗡"遍了天涯海角。

资讯说，农药，特别是除草剂已让蜜蜂越来越少，蜂类无法抵御化学制剂的杀伤力。资讯说，移动电话的基站让蜜蜂的巡航系统失灵，蜜蜂找不到回家的路，死在尘土里。

人说，蜜蜂死了，人就吃不到蜂蜜了。实际上，现在没几个人吃过真正的蜂蜜。蜜蜂并不是为让人吃到蜂蜜而活着，正如它们没想到因为农药和移动电话基站而死。连续三年，我家门口小花园的蜜蜂一年比一年少，世间将失去这样一种美丽的、无害的、会制造甜蜜的小精灵了。孩子们将在课本里像认知恐龙一样认知蜜蜂，好像它是三国人物。

把自己甜死的甘蔗

　　我觉得甘蔗是极为离奇的植物，人如果不把它砍下来，它会把自己甜死。嚼甘蔗时，我一边嚼一边想：这么甜，甘蔗怎么受得了。真甜，太甜了！甘蔗早晚能把自己甜死。

　　甜死是怎么死的？首先是舌头因狂喜而麻木死掉了，然后是主管嗅觉的中枢神经被源源不断的甜给甜死了。这里说的是人，而甘蔗作为植物，我认为它承受不了这么多的糖分。甘蔗的糖是单糖，热量太大，不跑马拉松消耗不掉这么多糖。况且——我稍微卖弄一下——甘蔗只有皮和瓤，而没有肝脏。这就很成问题，没肝脏，就没一个化工车间把这些糖分解成葡萄糖或脂肪储存起来，也没有肾脏把糖尿出去。它不断在甜，它甜无止境，这怎么能行呢？甘蔗没有肝脏，是造物主的疏忽。当然植物们都没有肝脏，正如动物们不会通过叶绿素吃太阳的饭，但其他植物也没甘蔗这么甜。

甜大劲了是什么样？就像甘蔗这样，脸憋得紫红（没肝脏代谢），如同喝大酒的人一样。脸紫红且不说，甘蔗把自己甜得身披白霜，这是甜得没法再甜的征象。在南方，我看到卖甘蔗的就赶紧买一节嚼一嚼，让糖分进我肚子里待一会儿，否则糖会在甘蔗肚子里甜爆炸了。

小时候，我唯一的梦想是天天遇到甜。那时候没听过世上还有甘蔗，但知道世上有糖块。正是糖让我感到世界的神奇。神奇，说的是世上有房子、有树、有土、有大人和小孩，但他们都不甜。我吃到糖后才感到世界的化学性和神奇性，一块黑不溜秋的结晶体在嘴里，让它在牙齿间叽里咯啷地翻身，我却欢欣鼓舞，觉着人活着真没白活。甜是什么？是热烈到死的密集话语，是稠密的湖水，是欲罢不能，是舌尖上的歌声，是生活的赞美诗，是味蕾的大合唱，是舍我其谁，是不知有汉，是玻璃纸里包裹的理想，是装在兜里握在手里的快慰。小时候，衣袋里有糖的孩子谁不快慰？吃进去是嘴里甜，握手里是早晚要甜。

71

那时候，如知道世上竟有甘蔗，赴汤蹈火亦要取之。人生立志，当什么杨柳松柏？毋宁当一株甘蔗，不管其他，先甜起来看。

人长大竟无趣了，无趣之一是不再崇拜甘蔗。见了甘蔗不景仰不咽口水不开口大嚼，此曰无趣。连甘蔗都吸引不了你，还有什么能吸引你？钱？是的，钱了不起，但钱甜吗？钱会造出甜但也能造成苦，钱能放进嘴里嚼出甜水吗？人在兜里揣着整齐的钱，莫如在怀里揣一节甘蔗。别人问是什么，你可以说是金箍棒。到无人地带，你可以掏出甘蔗咔咔嚼之，甜水如河流灌溉你的胃与肠。那一阵儿，你可能会放弃一些无趣的人生规划。总之，你会变成一个跟甜有关的人。

牛羊虫鸟不吃甘蔗，甘蔗的甜在于它和人的缘分。它为了人甜——姑且这么说吧，否则它为谁甜呢？它长在土里，它差一点就长成糖块了。

甘蔗真是种好植物，每一株甘蔗都应该佩戴一朵大红花。

月夜，到甘蔗林里，听一听甘蔗在说什么话，听听落在甘蔗身上的小虫子说什么话。月光在甘蔗身上照不了多久就变成了霜，甜得受不了哇！夜啼的鸟儿在空中兜圈子，呼唤"甘啊，蔗甘"。鸟儿被甜晕了，把甘蔗说成了蔗甘。仅仅是甜，就可以改变许多事情。

正像人有偶像，香蕉苹果鸭梨的偶像是甘蔗。甘蔗虽然不圆，不挂于枝头，但甜得心满意足，让水果们佩服得五体投地。

玻璃上的雨水

想走进屋里来的雨水被玻璃挡在外面，它们把手按在玻璃上，没等看清屋里的情形，身体已经滑下。更多的雨从它们头顶降落又滑下，好像一队攀登城堡的兵士从城头被推下来。

落雨的玻璃如同一幅画。如果窗外有青山，有一片不太高的杨树或被雨淋湿的干草垛，雨借着玻璃修改了这些画面，线条消失了，变成色块，成为法国画家修拉的笔触。杨树在雨水的玻璃里变得模糊，模糊才好。它们的枝叶不再向上生长，而化为绿色的草窝。雨水仿佛要劈开这些树，树们用尽气力复原，最后变成草草涂抹的油画的草稿。在我的窗外，高挑的蒙古栎树的树冠被雨水修改成一朵挂在木杆上风吹不走的绿云，它竭力往地上甩雨水。它并不知道，雨水是甩不掉的，就像被雨水淋湿的衣服再怎么拧也拧不干。隔着雨水的玻璃看，树脚下蔷薇花的树墙仿佛在跳跃。

雨水像擦黑板一样擦掉一朵朵蔷薇花，雨水刚淌下去，花又冒出头来。我才知道，雨在玻璃上爬上爬下，是为了重新画一幅蒙古栎树和蔷薇树的画。雨见到修拉的画之后，认为这才是画。雨觉得绘画的要素有三个，第一个要素是笔触，第二个和第三个要素是笔触与笔触。笔触是充分的水分与毫不犹豫，是不断修改。雨从开始下到结束，一直没停止在玻璃上修改它的画。雨用第二笔覆盖第一笔，然后用第三笔覆盖第二笔。雨不想让人看清楚它刚才在画什么。作为艺术家的雨，除了笔触，不懂其他。如果你跟它讲构图，它会说构图都是用自上而下的直线，线条像木梳齿一样，像垂下的手指一样，像雨一样。

另外一些雨不搞艺术，它们比较务实。这些雨从天空看到我所居住的这间房子，看到房子上的窗子。它们要进屋转一转，看看屋里的摆设，到沙发上坐一下，到床上躺一会儿。它们从空中冲下来，瞄准了窗子但被玻璃挡住。雨不知道什么叫玻璃，它们视玻璃为无物。当大批的雨滴冲到玻璃上流淌化为水溜时，更多的雨冲过来。雨也很倔，它们又被挡住，从窗台滑下。雨认为这是不够猛烈的结果，继续冲击窗子，玻璃发出"噼噼啪啪"的声响。所有的雨到底也没弄懂什么叫玻璃，它们只觉得那扇窗户是一个怪物。它们发现，许许多多的窗台都是怪物，雨水进不去那里的屋子。

　　从云朵里冲出来的雨滴在天空遇到了无数同伴，它们冲进风里，朝大地飞行。湿淋淋的大地一派苍茫，混浊泛白的河流在黑黑的土地上弯曲着流淌，浅绿的麦穗在风里吃力地抬起头又垂下。风如马队一排排踏过麦田，留下凹凸不平的麦浪的坑。鸟儿全藏了起来，站在某一片树叶下面等待雨歇。远处的灰云缓缓下沉，仿佛低于地平线。一部分没有抱团的云散开了，在河面薄薄地飘荡。雨在俯冲，无数雨滴撞在别的雨上，碎成新雨接着俯冲。雨落得太快，没办法在人的视网膜上成像。如果人眼达到鸟眼的分辨率，雨是一颗颗亮晶晶的圆球在空中飞。雨并非在"下"，而是在风的推动下飞行。如果光线充足，雨滴像水银的颗粒向地面灌注。雨滴在飞行中保持流线的形态，圆脑袋，有一个小尾巴。如果分辨率更高，可看出雨滴在空气中

拉成片儿，又聚合一体。雨滴在风里动荡、摇摆。雨跟雨汇合，又被风吹散。雨像梳子，像笤帚，像大片的水被筛成小水滴。雨往大地俯冲，在风和其他雨滴的推动撞击下一点点接近大地。大地在雨的视野里越发清晰。雨滴将要降临地面，它们看到树林张开枝叶的手臂拥抱雨。树的面孔挂满雨滴，雨滴从树叶流到树丫，再顺树干流到地面。这些水流的流淌声被树叶上的沙沙声所遮蔽。树张开手臂，企图把所有的雨水都抱过来，把自己变成漏斗，让雨水流到根上。雨飘在河流的上空，河水下面的泥沙在水面翻滚。没有哪条河流在下雨时是清澈的。雨滴的脚步刚刚踩上水面，就被河水放大为圆圈。圆圈似乎可以放得无限大，但被别的圆圈顶破。对河来说，下雨如同天上撒铜钱，圆圆的铜钱一瞬间沉入河底。即使下雨，河水也没停止流淌，其实它可以停下来避一避雨，雨增加了它们奔流的体积。下在河里的雨如同下在传送带上，河把这些雨水带到没下雨的地方。雨把乡村的土路变得泥泞，被风刮断的树枝躺在草里。所有的野花都低下了头。被雨水打乱的花瓣贴在背上，如浇湿的衣领。脚步敏捷的雨滴准确地落在电线上，有的雨滴直接落进下水道井盖的圆孔，有的雨让旗帜贴近了旗杆。

往屋子里冲锋的雨依然被玻璃挡回来，它们还没来得及摸一下玻璃就掉在窗台上。雨集合更多人马往屋里冲，到沙发上坐一坐，到床上躺一躺，但全体从玻璃上垂直落下。从屋里往外看，雨像壁虎一样趴在玻璃上，如一幅画，朦胧的树像在雨里行走。

雨滴耐心地穿过深秋

雨滴耐心地穿过深秋。

雨滴从红瓦的阶梯慢慢滴下来，落在美人蕉的叶子上，流入开累了的花心里，汇成一眼泉。

雨滴跳在石板上，分身无数，为寂静留下一声"啪"。

雨滴比时钟更有耐心，尽管没发条，走步的声音比钟表的针更温柔，在屋檐下、窗台上，在被雨水冲击出水洞的青砖上留下水音的脚步声。时间在雨滴里没有表针，只有滴答。清脆的声音之间，时间被雨滴融化了一小节。被融化的时间永远不能复原，就像雨滴不能转过身回到天空。

秋天盛满繁华之后的空旷，秋天收走的不光是庄稼和草，山瘦了，大地减肥，空中的大雁日渐稀少。

说秋月丰收，这仅仅是人的丰收，大地空旷了，像送行人散尽的车站月台。

让秋天显出空旷还由于天际辽远，飞鸟就算成万只飞过，也不会拥挤。云彩在秋天明显减少，比庄稼少得还快，仿佛说，云和草木稼穑配套而来，一朵云看守一处山坡。庄稼进场，青草转黄，云也歇息去了。你看秋空飘着些小片的云，像鱼的肋条，它们是云国的儿童。

浓云的队伍开到海的天边对峙波涛，波涛如山危立，是一座座青玉的悬崖，顷刻倒塌，复现峥嵘。

雨滴是天空最小的信使，它的信是昼夜不息的滴水之音。在人听到单调的雨滴时，其实每一声都不一样。雨滴的重量不一样，风的吹拂不一样，落地的声音也不同。雨滴落在鸡冠花上，像落在金丝绒上默然无声。雨滴落在电线上，穿成白项链，排队跳下地面。

秋雨清洗忙了一年的大地。大地奉献了自己的所

有之后，没给自己留一棵庄稼。春雨是禾苗喝的水，夏雨是果实喝的水，秋天是大地喝的水。土壤喝得很慢，所以秋雨缠绵。人困惑秋天为何下雨，这是狭隘的想法。天不光照料人，还要照料大地与河流。古人造字，最早把天写作"一"，它是广大、无法形容的一片天际；而后造出两腿迈进的"人"字。把天的意思放在"人"字肩上曰"大"，而"大"之上的无限之"一"，变成现在的"天"字。天在人与大之上，要管好多事。

天没仓库，不存什物或私房钱。天之所有无非是风雨雷电，是云彩，是每天都路过的客人——飞鸟。天无偏私，要风给风，要雨给雨。风转了一圈又回到空中，雨入大地江河，蒸发为云，步回天庭。这就像老百姓说的，钱啊，越花越有。像慈悲人把自己的好东西送给别人，别人回报他更好的东西。

深秋的雨，不再有青草和花的味道，也没有玉米胡子和青蛙噪鸣的气息。秋雨明净，尽管有一点冷。雨落进河流，河床丰满了一些。河流飘过枫叶的火焰，飘过大雁的身影。天空的大雁，脖子比人们看到的还

　　要长，攥着脚蹼，翅膀拍打云彩，往南方飞去。河流在秋天忘记了波浪。

　　雨滴是透明的甲虫，从天空与屋檐爬向白露的、立秋的、寒露的大地，它们钻进大地的怀抱，一起过冬。

银河的手臂

从小到大，看周围，没改变的只有天上的星星。

它们没少也没多，这是我的猜想。我小时候不止一次数星星，但没有一次成功。天空像倒扣的扎满了窟窿的水桶，射入桶外的光亮。星星像深蓝海滩晾晒的珍珠，风干后发出贝壳的石灰质的淡光。星星是天外不知疲倦的守夜人，记录着地球的转速。星星假如少了——比我出生的时候少了两颗——也没人发现，更没人痛心、追查或在网上搜索。所以我无须什么证据就可以说星星没变化，星星一颗都没有少。星星像夜的森林中无数野猫的眼睛窥视着人间。

我看到星星会想到童年。我觉得童年的星星大而亮，离人间比较近，我甚至想说那时的星星也处于童年。为了不让人笑话，这话还是不说的好。我童年的地方有两山、一河，三层的楼房有三幢，最繁华的莫过于满天星斗。那时有人逗我，说天下只有赤峰有星星，其他地方的夜如铁锅一般沉闷。这人还说那些下火车、下汽车的人，就是从外地来看星星的人。我听了真是自豪，以为星星是赤峰夜空结出的果实，像杏树结香白杏、桃树结水蜜桃一样。我从赤峰七小放学经过长途汽车站，见出站的人——他们东张西望，灵魂像被售票员收走了；牧区的人冬天穿着沉重的皮袄，脚蹬毡靴；有人拄着拐棍。我见到他们心领神会：唔，又是来看星星的。夜晚看星星的时候，我在心里分享外地人特别是牧区人看星星的喜悦。

小时候，我家络绎不绝地经过各路亲戚，他们到我家，然后去北京或呼和浩特，还有人奇怪地前往集宁；或者从北京、呼和浩特、集宁到我家休息一段儿，回他们自个儿家。一次，我大着胆子问一位亲戚："你上这儿来是看星星的吗？"他竟想了很长时间，才说："是的。"我又问："那你去呼和浩特看什么呢？"他说："看病。"

天没亮，我和我爸我妈乘火车去甘旗卡，马路上所有的路灯都照着我们三个人。我爸的咳嗽像是问候路灯——它们在寒冷的夜里没结霜花，空气中带着冬天才有的铁锈味。星星挤在南山的背后，说它们潜伏在山后也没什么大毛病。南山戴雪，黑的沟壑如马的肋条。在新立屯我们吃了马肉馅饺子，我爸知道后很生气，我觉得味酸。

星星从克什克腾、巴林左旗和右旗那边飘进英金河的水面上，我趴在南岸，从草叶的缝隙往河里看——星星在洗澡、在悠游、在串门，而一颗空中落下的鸟粪吓跑了河里所有的星星。

我今天仰望星空的时候，关于星辰的知识一点儿没增加，而星星既没多也没少。观星使人感觉自己是近视眼，看不清它们，而它们又确凿地存在着。星星没有老，是人老了。星星没被氧化，它们身上没有自由基，不会脱发与肾亏，更不会得结肠炎或酒精肝。说到底，谁也不知道星星是什么，约略听说它们是发光的飘浮在太空的石头，这只是听说。人到老，对星星的了解也就是这些。印裔物理学家钱德拉塞卡比我们知道得多一些，说星星也会变瘦、变矮。当我们听说我们眼里的星光是千万年前射过来的之后，不知道应该兴奋还是沮丧，能看到千万年前的星星算一种幸运吧？而星星今天射出的光，千万年后的人类——假如还有人类的话——蝾螈、银杏、三叶草或蕨类才会看到。如此说，等待星光竟是一件最漫长的事情。

群星疏朗，它们身后的银河如一只宽长的手臂，保护它们免于坠入无尽的虚空。

星星上的盐

大风让树枝摇动，如千百条蛇在绿叶间窜行，河水掀起巨浪，星星却没被风吹走，仍然挂在遥远的夜空。

这么大的风却吹不走小小的星星，正像风没有吹走大地上的小树。星星在天上很坚固。

白花花的星星，让我想到了盐。这些名为星星的白色的石头不漂移，不融化，如同一颗颗盐做的纽扣缝在夜的帐篷上。月光像奶酪从我手掌淌下，像达利的画。

站在高山上看星星，好像钻进了一个黑笼子。星星排列在前方和后方，笼子里挂满星星的银铃铛。那时候会想：星星有气味吗？这样的夜，除去青草的气味、河水的气味、空气中混杂的野生动物粪便气味，剩下的就是星星的气味。它们的气味空灵，旷远，或许有一点点咸。那时候我还没有想到星星上有盐。

　　海岛的星星离地面远，海岛的海拔低，像羊群一样的海浪涌到岸边消失了，岸是海浪的深渊。

　　海浪去了一个地方，它白色的蕾丝边凝成石块。烈日在海上熬制的盐巴去了哪里？

　　看星星，人人觉得自己视力不好。所有的星星都比视力表最小的 E 模糊。晴朗的夜里，这些星星边缘不整齐，有一些是半成品。冬天的星星粗糙，堆在天边等待远方的马车，它们是盐。

　　锡林郭勒草原有一座湖，叫额吉诺尔。蒙古人把这座盐湖叫母亲湖。他们赶牛车从四面八方到这里取盐，这些白色的结晶体最后融化在他们的血液里。蒙古人装上盐准备启程的时候，面对盐湖下跪磕头，感激这个世界上既有他们又有盐。

　　盐湖里的盐并没有减少，尽管蒙古人拉走了无数车。湖里的盐乘坐灰白色湖水的浪涛往岸边走，盐水的浪是那样缓慢。

　　额吉诺尔没有什么好看的风景，大凡盐湖周边的植物长得都不好。可是这里的星空漂亮，比别处清廓。蓝幽幽的夜色稀薄而明亮，上面罩着不知从何处射来的白光。

　　这里看不到星星，额吉诺尔融化了星星上的盐，它们在灰白色的湖水里缓慢动荡。

　　这些盐的故乡在海洋，海水被太阳蒸煮，盐分上升为星，来到额吉诺尔上空融化，那里有一个星的窟窿。

悬崖的玉米

十月份去新宾，毗邻行车道有一条正在修的高速路。

高速路真厉害，逢山开道，遇水架桥，难不住它。我目光随它建设的步伐往前看：一处山崖被劈开，陡面约十米高，上面站着大队的玉米。玉米站在悬崖的尽头，它前面连人的一只脚都站不下。秋天的玉米，叶子肥卷，深绿里的紫色如笔痕。成熟的玉米棒像它身上斜挎的匣子枪，每株斜插四五个，个个神气。这个土崖呈楔子形，一侧是深沟，另一侧是劈开的道。你看崖上这一群玉米，像听到召唤从四方汇集于此地，也如玉米的江水流到这里停下了。它们的叶子带着晚秋的紫，穗流苏老而飘零，真是悲壮。我第一次看到玉米的悲壮，即走投无路决不退去的决绝。像丘吉尔在英国最危难时刻对国民宣誓："Never,never,never,give,up.（决不，决不，决不放弃。）"

日头偏西，余晖把劈开的崖壁刷上鲜艳的黄，玉米的叶子反光，如水碗。一群乌鸦"呱呱"叫着，从玉米头顶上飞过，它们黑色的翅膀分割橙色与水蓝的天幕，像斯密波尔的丙烯画。

风吹来，玉米甩开袍带，甩到彼此的身上。风吹得更大一些，玉米相互靠在一起。在如此明亮的黄昏，夜色正从脚底向上弥漫，玉米们在悬崖的风中拥抱。它们何止通人性，它们就是人们，成百上千，每株玉米都有心肠。

对自然真的不能仔细看，看进去觉得跟人间一模一样。我替玉米们怆然，为它们被悬崖阻隔而无回路的命运，并觉得崖下有一条江流过才好。江水不必清也不必静，混浊地流淌过去，跟玉米上下呼应。可惜美术家没看到这个场景。

转一圈儿再看崖上的玉米，感到它们很勇敢。这是我所看到的最勇敢的玉米，好像一群抗战时期的河北农民，顶着日本鬼子的枪口。如果再在每株玉米头上戴一顶草帽，就成了游击队的整编师，气势可吓跑日本鬼子。

多高的山上有多高的水，这话没错。玉米长在高高的崖上，长势那么好，不缺水分。它们站在崖上看公路上人来车往，不知怎样心情。那时候，觉得做一株悬崖玉米也蛮好，站一个秋天。

琥珀对松树的记忆

人在黑松林里走，像蚂蚁在青草里面走。所有的松树都比人高出许多，树冠可以望到比你看得更远的地方。紫色的苜蓿花从山顶的岩石倾泻下来，只给老鹰留下一点站脚的地方。

用手摸这些松树，鱼鳞般翘起的干树皮扎你的手。掀开松树皮往里面看，里面是雨水浇不到的红色质地。我看有没有蚂蚁爬进去，最好有两个蚂蚁摔跤被我看到。在松林里一路走下去，就这么用手掌抚过松树，一会儿，手心沾满松香，透明的黏液从树身的什么地方淌下来，琥珀色。动物分泌麝香，松树只分泌松香。松香仿佛是松树留下的记忆，关于潮湿的夜、鸟啼和清新的空气的记忆。把记忆留在体外的只有松树。

松香的液体里有小虫子的尸体。这是松林里最小最软弱的虫子，连翅膀算上比小米还小，凝固在透明的松香里。我几乎想到了几亿年后有一片琥珀装帧着小虫子的化石挂在墙上，于是我想象有大蝴蝶昏迷在松香上。松树分泌重约一两的松香，包裹着大蝴蝶。松香完好保留了它翅膀上的眼睛和六足的绒毛，那就是一个很好的工艺品了。不过看到它的是一亿年后的人类。那时候人类有没有眼睛还都两说着。

松林中最喧闹的是鸟雀，不过那是在早上。阳光才出来，鸟雀已经分成两派，好像争论太阳出还是不出。阳光普照之后，鸟噪止息，可能是认为太阳不出那一派的鸟儿飞走了。松林寂静了，静得让人想数一数落叶松掉了多少根松针。我确实想数落叶松脚下褐色的松针。有人说我患有强迫症，这就是一个最强有力的证据。松针像一盒火柴撒在了树下，但不整齐。如果不下雨，落地的松针经过阳光曝晒，竟是金色的。远远看，那种金色激发人的惊喜之心——包括儿童在内的人类，见到金子都会扑过去——它明晃晃地耀眼，洒在树下，那时候，松树十分尊贵。

松树的尊贵不是没缘由的，它知道自己是怎么回事。岁寒而后凋只是它品格的一方面。笔直的松树有别于弯曲的杨柳，亦有别于笔直的杉树。它的直里包含着坚劲。直者易折，但松树不在此列。它直而韧，直而有香。我喜欢闻到松树散发的松香味，虽然这常常会让我联想起小提琴的弓子，但我提醒自己世上先有松香后有提琴，二者不可混淆。我觉得松香是松树想说的话，凑巧被我听到。

星星在松树头顶飞翔，似越飞越高的白色蝴蝶，夜空的蓝色如同透射在深海之下的天光。松树的土里混合了几万年的气息，腐熟的枝叶烫手，如同森林家族刚刚端上来的饭菜。没有鸟儿在松林里迷路，也没有鸟儿在松树上撞昏过去。松林的落叶记录了昆虫的脚步声和田鼠的脚步声，这一切都留在松香或琥珀的记忆里。

琥珀好像是一块透明的黄金，或者说是一块走错了方向的黄金——本该是矿物质，它却错走在植物的道路上，变成化石。琥珀像猫的眼睛。我的意思是说，人在胸前或手上戴一块琥珀，会变得警觉或机灵。琥珀好像跟蜜蜂有神秘的关系，其实没关系。琥珀像干邑白兰地酒浆，酒总能给一切好东西找到归宿。

自从我在一块琥珀里见到虫子的化石后，希望每一只虫子都留在琥珀里，变成化石，这样就能很好地保留它们精致的翅膀手足和小而凸出的眼睛。美国诗人查尔斯·赖特在《南方河流日记》里说："那些虫子多叫人羡慕啊。它们熟悉通往 / 天堂的路，熟悉用光亮捕捉我们的 / 闪烁的丛林之路 / 熟悉虚空之路。/ 一个八月又开始了，模仿去年的八月 / 那么多赤裸裸的岁月 / 躺在如水的天空下 / 夏之声到处可闻。"

松树是群居的植物。它们站在泥泞的沙土里，雨滴如同松针耳垂的露水。大雨打在松树每一片鳞皮上，

好像往树身砸铁钉子，把它们的蓑衣变成铠甲。在阳光普照的时候，松树依旧缄默，它说的话被鸟儿说尽了，鸟儿飞远。当松树最终消失之后，是谁手里拿着一块琥珀？里面有小虫和失去了香味的松香，里面有松树转瞬即逝的身影。

松　塔

　　松树像父亲，它不光性格朴厚，还有慈父情怀。松树的孩子住得比谁都好，小松子住在褐色精装修的房子里，一粒松子一个房间，人们管它叫松塔。

　　松塔与金字塔的结构相仿，但早于金字塔。人说金字塔的设计和建造是受到了神的启发，而松树早就得到过神的启发。神让它成为松树并为子孙建造出无数房子——松塔。

　　在城里的大街上见到松树，觉得它不过是松树。它身上的一切都没有超出树的秉赋。如果到山区——比如危崖百尺的太行山区——峭岩上的树竟全都是松树，才知松树不光"岁寒然后知松柏之后凋也"，凋不凋先不说，只觉得它们每一株都是一位圣贤，气节坚劲，遍览古今。

　　或许一粒松子被风吹进了悬崖边上的石缝里，而石缝里凑巧积了一点点土，这一点土和石头的缝隙就成了松树成活五百年的故乡。事实上，被风吹进石缝里的不光有松子，各个种类的树籽和草籽都可能被风吹进来，但活下来的只有松树和青草，而活得卓有风姿的就只剩下松树。

松树用根把石缝一点点撑大，让脚下站稳。它悬身高崖，每天都遇到劲风却不会被吹垮。我想过，如果是我，每天手把着悬崖石缝悬垂，第一会被吓死，第二可能胳膊酸了松手摔死，第三可能没吃的东西饿死，第四会被风干成木乃伊。而松树照样有虬枝，有凛凛的松针，还构造出一个个精致的松塔。

松塔成熟之后降落谷底——以太行山为例——降落几百上千米，但松子总有办法长在高崖，否则，那崖上的松树是谁栽的呢？这里面有神明的安排。神明可能是一只小鸟、一阵风，让松子重返高山之巅成为松树，迎日月升降。

每一座松塔里都住着几十个姐妹兄弟。原来它们隔着松塔壳的薄薄的墙壁，彼此听得见对方说梦话和打鼾。后来它们天各一方，这座山的松树见到另一座山的兄弟时，中间隔着深谷和白雾。

　　像童话里说的，
松子也有美好的童年。
第一是房子好，它们住楼
房，这种越层的楼房结构只
有西红柿的房间堪与媲美。第二气味好，松树家族崇
尚香气，它们认为，大凡万物，味道好，品质才会好。
于是，它们不断散出清香，像每天洗了许多遍洒精油
的热水澡。第三是从小见过大世面。世间最大的世面
不是出席宴会，而是观日出。自曦光初露始，太阳红
光喷薄，然后冉冉东升。未见其动，光芒已遍照宇宙，
山崖草木，无不金光罩面，庄严至极。见这个世面是
松树每天的功课，阳气充满，而后劲节正直，不惧雨
打风吹。松树于草木间极为质朴，阳气盛大才质朴，
正像阴气布体才缠绵。阳气如颜真卿之楷书，丰润却

内敛，宽肥却拙朴。松树若操习书法，必也颜体矣。

松塔里垒着许多房子，父母本意不让兄弟分家，走到哪里，手足都住同一座金字塔形的别墅。但天下哪有不分家的事情？落土之后，兄弟们各自奔走天涯。它们依稀记得童年的房子是一座塔，从外观看如一片片鱼鳞，有点像菠萝，更像金字塔，那是它们的家。小时候，松子记得松树上的常客是松鼠，它仿佛在大尾巴上长出两只黑溜溜的眼睛和两只灵巧的手。松鼠经常捧着松塔跑来跑去。

月光下，松塔"啪"地落地，身上沾满露水。整个树林都听到松塔下地的声音，它们的房子炸开了，松子跳出来。从此，松子开始天涯之旅，它们不知自己去哪里，是涧底还是高山，这取决于命运的安排。它们更盼望登上山巅，体味最冷、最热的气温，在大风和贫瘠的土壤里活上五百年，结出一辈一辈的松塔，让它们遍布群山之巅。

松　针

如果向松树问路，松针会用手指给你指几千个方向。它不认为只有一条路，它觉得上下左右都是路，蜜蜂和小鸟正是这样四处飞翔。

《楞严经》上说，世为时间纵流，界为东西南北，另有东南西南东北西北与上下。不光四面，还有八方。《淮南子》上说的宇与宙，也指时间空间。松针说，在东和东南之间，还有着扇面一般无尽的向度。松针的道路遍布虚空，打碎了空间观念。

在松树上，松针是它的花，一朵朵绿色的刺猬花开在松树枝头。松树贞直，你想象不出它的叶子会是片状，那太像瓜的叶子，或杏树与桃树的叶子。松树的叶子绝不单薄，必定刚劲，这样的叶子如果不是拳头也是针，与浑圆的枝干匹配。

松树的针无碍于其他动植物的生长，它只是威风凛凛，只是不流凡俗。一棵浑身是针的树，绝不会弯腰乞讨，也不会像藤一样攀缘高枝，它自己就是高枝。一棵树，究竟要练多少年才练出千万根针？它把那些柔软的叶子卷起来，变成针。这些卷起来的绿叶写满了松树的日记，记载它怎样把根扎在岩石里，怎样从石头缝里找到水。它记载了松香的秘密配方，比香奈儿的香水还香哪。它把这些秘密都卷了起来，掰都掰不开，变成了一根根绿的针。如果到过寒冷的北国，就知道一棵严冬不落叶子的树坚韧，除非它的叶子是针。

大雪降下来，日日夜夜。雪幕如羊毛的门帘子被风吹起，放进来无数只羊。松针瞄准雪花但扎不到雪花，它宛如在风雪里爆炸的绿色烟火。雪一层层裹住松针，雪在枝头聚积。雪从松针边上塌下来。松树比别的树更了解寒冷，当所有树把叶子丢弃在地上时，松树却不让松针漂泊天涯，树在，针就在。它们在枝头生死相依。松针不枯黄，不委顿，它们如悬崖边上的斗士，不知何为退路。松针在广大的冬天看到了北国的树叶看不到的景物。在雪地里，黑黢黢的树干如火烧过，它们的叶子早已化为泥土。雪地里的窟窿是兔子的脚印，鸟儿如一颗子弹飞向毫无遮拦的树枝。风呼啸而来，千万根光秃秃的树枝在风中飞舞，鞭打雪花。河流结为黑冰，下沉于萧瑟的河床。偶尔有哪一棵树顶端的叶子没有落，一如遇难的人扯着手巾抖动，它将一直抖动。大雪藏匿了山峦，下不来山的灌木在山坡上猜想被雪没收的路。

松针在严冬里翠绿，保存着千鸟飞万径寂灭之后的绿。松树用松针收藏了一年四季，冬天穿不透松针

的身体，松树在冬天过着夏天的日子，为大自然保留着唯一的绿。

　　松针如钟表的针，它把时间指向过去现在未来的任何一个时刻，指向去年前年乃至童年的某一个时刻。如果你向松树打听时间，松针会告诉你一千个时刻，包括分、秒、时。表针在枝头伸张，但人早已忘记那是什么时刻。时间不是一条横贯而过的直线，它通向四面八方，与空间相连。人在松树前观望，看到时间纷纷如簌，看见松树放射比猫胡子坚硬的光芒。春天里，松针上的白雪化为融冰，用晶莹衬托着松针，冰的水把每一根松针洗干净，仿佛它们是刚刚长出来的新松针。

柳树趴在河边喝水

　　我妈说，柳树上辈子是渴死的。每每看到柳树趴在河边饮水，我就想起我妈说的话。柳枝一挂一挂垂下来，伸到河里饮水。我妈不愧是我妈，说得真对。你看细长的柳叶好像是绿嘴唇，树叶长成这样就是为了喝水。

　　河边多柳树。它们从远处走来，走到河边不想走了，低头喝水。我在高唐县的河边见到一棵大柳树，它的一多半枝条垂向河面。如果不是树根拽着，它早就掉进河里淹死了。但它的柳条离水面还有两三寸。一个干渴的人的嘴离水杯的水还有两寸是什么滋味？这棵柳树快急死了。我想，柳枝需要多长时间长出两三寸呢？半个月，也许一个星期。这怎么能行呢？我上前摸了摸柳树斑驳的树干，说："柳树啊柳树，你幸亏遇到我啦。我妈说你上辈子是渴死的，估计你上辈子生在巴丹吉林沙漠。过去的事就不提了，今天我帮你喝水。"我手拽柳枝塞进水里。水面虽然没咕噜咕噜冒泡，但柳枝分明喝到了水。河水顺枝条喝进树干再喝进树根咋也要十分钟，我不能轻率地离开，要帮它把水喝足。它喝水造成我手酸是不可避免的，但我不能老拽着柳条，别人看不出来我这是做好事，倒是像傻子。

话说怕啥来啥，这时一个人从河边踱来，当然他是高唐人。他走到我身边站定，背上手，问："你干吗呢？"

我怎么回答他呢？他妈肯定没跟他讲过关于柳树的话，他妈不算是一个称职的妈。贵为人母，你难道不应该告诉孩子关于水和植物的道理吗？你生出孩子就不管了？让他到处乱问话。

"你干吗呢？"他又问。他四十多岁，腰围约 90 厘米（2 尺 7 寸许）。头发白一半了，穿方格半袖衫。

我问他："你妈多大岁数了？"

他一愣，手不背了，说："俺娘七十一了。"

"身体咋样？"

他高兴地咧开嘴，说："俺娘身板好着哩。"

我用另一只手向他摆了摆，这只手继续帮着柳树喝水。

他咧着嘴向我摆摆手，走了。可算走了。

柳叶的七八个嘴唇在河里喝水，我以手摆柳，这些嘴唇像绿色的小鱼飞游。我觉着柳树比刚才绿点了，也可能没绿，我不想争论这个问题。

"你干吗呢？"这人又回来了，从我身后左侧包抄过来，还穿那件方格衫。

"你怎么不走呢？"我反问他。

他憨厚地笑笑，说："你拽着树枝干吗？"

我怎么回答这个坏蛋呢？我说："钓鱼呢。"

"哈哈哈，"他爆发出大笑，"拿柳树枝钓鱼？哈哈哈，钓上来没有？哈哈哈……"

他笑着，突然间引发剧烈的咳嗽。看到了没有？瞎问出事了吧？他的气管和支气管不支持他瞎问话。这个人低着头，咳嗽着走了，这回真走了。

这一切柳树都看在了眼里，我私下认为是柳树发功让他咳嗽的，有这种可能。人常说柳树老了会成精，没准儿这事就是真的。我对柳树竖起大拇指，同时觉得它喝得差不多了，我怕再来一个人用山东口音问："你干吗呢？"

我看到树下面有一段尼龙绳，我捡起绳子，找到一块砖头，把它系在柳枝上。"喝吧！"我对柳树说，"上辈子渴死的，这辈子喝个够。"

我到了远处，回头看这棵大柳树。虽然已近盛夏，它的枝叶仍然浅绿，好像留着更多的绿色秋天用。秋天的时候，柳树的绿里带一些灰色，好像累了，也许是喝水太多造成的水潴留。人身体的钾钠离子不平衡也会形成水潴留，即浮肿。柳树每根枝条都垂向地面，为了喝水。柳树有点像动物里的羊，温驯平和。羊里面的每只羊都像母羊，它们像母亲一样奔走着，以哀怜的眼神看小羊羔。羊比人更早知道羊的命运。每株柳树都像孕育子孙的母树，枝条万千即其子孙。柳树为了子孙繁茂俯在河边喝水，枝条在风里摆动，像回忆又像音乐里的回旋曲。对河水来说，柳枝是从天上降落的梯子，从上面走下来一个又一个精灵。而河踏着柳树的阶梯，经过枝条和树干到达根系，像旅行结婚一样。

"干吗呢？"我回头又看见了那个穿方格衫的人。他背手站着问我，面有笑意。上帝派他第三次来到我跟前。

说什么好呢？我"喀，喀"咳嗽起来。我记得他是咳嗽着走的。这人一愣，手捂胸口但没咳嗽。我接着咳嗽，因为真不知道怎样回答山东口音的"你干吗呢"。他转身走了，真走了，带点小跑，连头都不回了。原来咳嗽也算一种特异功能啊。

树的道路铺向空中

人说树一辈子没往前走一步路，其实树一直在奔走，它的道路在空中。你平躺在草地上，就可以想象树怎么观看自己的道路。这条路（不应论条）广阔蔚蓝，早上变为玫瑰色，傍晚金红。树看不清路的尽头，它有时觉得白云城堡是尽头，但城堡也飘走了（城堡还会飘走？树觉得云太不靠谱）。暴雨滂沱，是路面喷射的水。这时候树也不想走了，它想不通天怎么会变成水库，用下雨的方法泄洪。但雨过天晴是最美的时分，雨不只洗去树和草上的尘埃，也洗掉了世上的杂音。雨后是不是特别静？万物垂首静默。雨下在树皮上，下在鹅卵石上，下在牛屎上，下在如皮革一样坚韧的草上，之后突然停了，那么多的音响停止了轰鸣。如果不下雨了，还下什么呢？万物在等待那个东西。那个东西来了，它是鸟鸣。如果不是爱出风头的鸟儿打破了寂静，世界还将静下去，谁也不好意思用声音扰乱暴雨造出的寂静。蚂蚁的腿都麻了，但并不翻身，怕翻身触碰草叶发出的轰响侵犯寂静。鸟鸣之后，世界就乱了，鸟鸣带来了更多的鸟鸣，你听到积水咕咚咕咚往树洞里灌，蚯蚓开始钻探，獾子边跑边放屁，风用刮雨器刮下树叶上的积水。乱了，太喧闹了，跟雨前一模一样，也许更闹了。雨把空气中的灰尘化为污水送给大地保管，花朵抹去脸上的雨水浮出地面，极尽娇艳。树看见自己的道路更近了，更近的意思是它几乎看清了天心，那正是它要去的地方。

　　树带着所有的树枝上路，树的终点是天上的星辰。它们是洒在蓝丝绸上的白蚕豆，是隧道尽头透进的光的白点，是永不融化的黑冰里的化石。树是大熊星座下的烛台，烛花是春天才开的花朵。树走在天空的道路上，路上洁净无尘，它的同路人是鸟儿。鸟儿虽然夜里在树上睡觉，天亮便径自飞走。树看到最多的是鸟儿的腹部从天空划过，像从海底看头顶游过的鱼。树回头看到身后的青草，青草永远跟在树的后面，跟着跟着就枯黄了。树觉得草倾尽气力一生才长两寸长是吝惜气力。蝴蝶在春天为树送行，它趴在树的苞芽

上叮嘱。蝴蝶说天上的云团实为成千上万的蝴蝶的集合，风把它们推到大海的对岸。

　　树不怕自己走得慢，慢是大自然的美德。大自然带来的所有伤害都与快有关，洪水、地震，都是它内部的一个表针突然走快了，然后继续慢。慢是美，山峰从地面爬到天空用了多久？雪花从天空降到地面有多久？树木把所有营养均匀地输送给所有枝条，让它们上路，走向天空。从春天开始，有多少树的孩子往天上走？大树小树，每根枝条都是它们的孩子，最老的柳树也托举着稚嫩的孩子走在天上。春天，没有哪一棵树的孩子不出门，它们的父母把这些孩子打扮得漂漂亮亮，让它们穿上了新衣裳，有的枝头开着花，那是孩子们头上插的花。玉兰哪里是花，它简直是一份大礼，朵朵都似白玉杯。树枝走到天上去，要带点东西。丁香花紫里藏白，四片花瓣打开后，树上贴满了清香的鳞。没有桃花就不算春天，桃花让人痴，让人相信未来，相信一见钟情。桃花离果实很远，离笔墨宣纸很近。桃花是一件事情的开始。桃花落地比在枝头好看。梨花盛开时如山野暴动，一树雪白衬在绿草之上，密到白到发疯的程度，人除了目瞪口呆毫无办法。沉寂一冬的大地被梨花吵闹，在乐队里，梨花是锣鼓，铺垫好戏登场。连翘和迎春很像，它是灌木上的花。它虽然有一个药房的名字但不失娇艳。自然界最艳的色彩不是红，而是黄。黄颜色连接着苏醒，它是乐队里的女高音。金色的蜜蜂飞进连翘的花蕊里，你觉得它的家不是蜂房，而是连翘，它俩是一家。

　　树带着花朵的礼物供奉上天，杨树没花，用小绿叶凑热闹，松树用松针为春天掐表。所有的枝条对着天心。走吧，树木，天空有无数条（片、块）道路等着你。树木不管土地泥泞，不理会砾石、杂草和未化的冰。树的眼睛只盯着天空，看着看着，它发现自己肩膀长出叶子，像披肩又像托盘，下完雨上面留几滴雨水。叶子宽大之后，树梢看不清脚下的泥土，它的眼里只有杈丫，夜晚眼里是星辰。月亮从云的缝隙查看每一棵树。虫子在地下翻落叶，如翻旧书。树往天空走着，边走边吐出更小的叶芽。如果是茶树，这些叶芽就变成了茶。树不知离天空还有多远，它要一直走到秋天。

树活两辈子

　　每棵树身上都有两辈子，它们把两辈子放在一起活。

　　树的枝叶果实是它的青春。阳光均匀地涂抹在每一片叶子上，同时没忘记晒红苹果的脸。树叶有青春的好奇心，会用手掌捧一只毛虫看，看它吞吞吐吐爬向树干。树在夜风里丢弃了睡意，计算风吹落了多少颗露珠，听河流莫名其妙传来跳水声，好像苹果连夜逃逸。树最喜欢星星，以为那是天空密林上挂的灯笼。这些灯笼隐身复浮现，好像往人间传送神秘的灯语。灯笼旋转，东方出现鱼肚白时，一盏盏熄灭。

　　根是它的暮年。根在黑暗里呼吸，呼喊水的名字，它的邻居是昆虫。根的世界叫作土壤，正如树的世界叫空气。树根熟知土的话语，它们常说的词汇是紧密、湿润、水和干润。土是大地的躯体，大地的臂膀、肌肤、内脏和灵魂全是这一层厚土。土做的砖，土垒的

116

城墙，根在土里活了一辈子，就像树的枝叶，果实在阳光和空气里活了一辈子。

树根比老人的手还老。树根何止于吸收水分，它要牢牢抓住土地。从树冠传来的风的力量扭动树根，根而非树干在与风角力。徐志摩说"风不知从哪个方向吹来"，根也不知风从哪个方向吹来，为什么要撼动树？树根在与风的角力中得到大力士的称号，它的手像铁匠一样骨节突出，或者像一只放大的鹰爪。悬崖的树，根比鹰爪更尖利。它们用根抓住岩石，用树枝抓住风，争夺一席阳光。

根没见过阳光，一辈子从未见过太阳的模样。树叶把太阳的能量源源不断传输到根须，根感到阳光是让躯体膨大的力量。根想象阳光是一片水，淹没了大地，如金针刺破所有屏障。根看不到光的亮，却感受到它在奔跑。阳光在树的脉络里跑得比水分还快。阳光像海水那样一波一波涌来，送来粮食和热量。

树活两辈子。树叶是树的孩子，根须是父母。父母在泥土里当地基，当抽水机，当风的对手。根须其实不懂树叶的快乐，也不知果实的滋味，只习惯于劳动。叶子在风里簌簌唱歌，与小鸟捉迷藏。树叶向往远方，猜想地平线发生的事情。叶子甚至盼望秋天来到，让它脱离树干，在大地上奔跑。

根看不到树叶的足迹，果实被车拉到了远方。当光秃秃的杈丫落上一层冬雪时，根在寂静的土里深眠。冬天戒严了，水与昆虫都在休息，树的根须放松了筋骨。大地上的生灵在冬季休息了，冰雪让它们停止一

切活动，全体护生。

　　树根在三个多月的睡眠后返老还童。春天的脚步先从昆虫的翻身声里发出，水醒了，打听哪一天是立春。当春风摇动树干的时候，根须知道春天到了。根须一天被春风摇醒一百次，让它准备嫩叶、准备蓓蕾、准备树叶和花朵的衣衫，树根开始为儿女准备所有好东西。

　　树叶和花见到春天后开始歌唱，有合唱有独唱。歌声传到树根，树根不断把水送上去，让它们润润嗓子。

树林里的眼睛

我不怕走夜路，在夜里走路感觉比白天更放松。这好像是动物的想法，不知什么时候传染到我身上了。从葛根召到赫林塔拉约有二十公里，我傍晚睡觉，睡到夜里 11 点钟爬起来，往赫林塔拉走。

过马车的道路长满杂草，车轱辘压过的土业已死去，不长草。路两旁的新疆杨胸径达到碗口粗，树上的叶子在风里旋转着跳舞。叶子在叶柄上来回转，像有手指捻转。新疆杨的树叶分成两色，绿色的叶面有光滑的蜡质，灰色的背面长绒毛。夜里，叶子的灰和绿色变为黑白两色，在风里旋转着给人变戏法。往前走，经过山榆树和蒙古栎的树林。月光照不进浓密的树林，林内好像是漆黑的仓库。或者说，一列看不见尾巴的闷罐车停在树林里，漆黑的车厢上面装载向上生长的树。

我知道树林里有无数双眼睛在看我，我有些得意。

动物和鸟类不出声地看我，瞪着亮晶晶的眼睛。它们的眼睛比玻璃球还亮，没有杂质。它们在看这个一双下肢行走的"人"在干什么，去哪里。想到这个，我笑起来，这并非讨好它们，而表示我也是愉快的。虽然我是"人"，但并非所有的"人"都坏，"人"也并非随时随地都坏。有时，他走路而已，微笑而已。他以双下肢行走本意不是要杂技，这是进化的结果。他的双上肢前后摆动，不是做暗号，而是在平衡。人类所有的坏事都是用手干的。我摊开手，上面没猎枪和夹子，也没毒饵，我只是一个去赫林塔拉的人。去赫林塔拉也不是为了干坏事，我要去那里山顶上护林员住过的废弃屋里睡到凌晨，起来看日出和那里的岩画，拍点照片，然后再走回来，经过你们。当然这已是明天白天了。白日里，新疆杨的叶子变成绿灰，而不是黑白。这条路上的月光会被太阳铲掉，铺上明亮的阳光，那时候你们都回到了窝里和洞里。白日才是你们的黑天。

月光像用喷雾器把乳液喷洒在草叶上，白得均匀。再往前走，快到夜里12点时，凉气从树林里跑出来，包住我的身体，地上的月光变得更白，如同冻结了地面。我坐在路边歇一会儿，突然害怕有动物把双爪搭在我肩上，于是我靠着一棵树休息。怎么看不到动物们、鸟类、昆虫们在夜里活动呢？我知道肯定有动物在树林里与我并行，跟踪我。它可能是狐狸或獾子，但最好不是野猪。除了老虎和熊，谁也不是成年野猪的对手。这只狐狸或獾子看我到底想干什么，它觉得我不能仅仅是走。是的，我不仅仅会走，我还会写作（这也是古老的职业），但现在只是走而已。我不上树掏鸟蛋，也不把手伸进树洞里抓蛇。你别拿你干的事想我，我也不用我干的事判断你们。

月亮朝西北下坠，月牙比刚才更向后仰，好像把飞机座椅向后调整了，它躺在碧海的沙发上看天。月亮当然也要看天，这差不多是它主要的工作。人类觉得月亮一直在俯瞰大地，这是错觉，月亮要看群星的位置。星星们一如夜海里的岛屿，是不融化的白色冰山。星星们离月亮很近，彼此观望都无须仰脖子。它们互相照耀，有足够的光。

夜的树林里总有声响，像鸟窝从树上掉了下来，像松鼠掉进铺满落叶的坑里；但没有人弄出的声音，什么声音都不会妨碍夜行人的安全。就人的体积、外形、气味而言，没有哪个动物想把人当作食物吃掉。它们对人始终感到恐惧。人用文化歌颂人的各种俊美，大多数人都信了，但动物一眼就看出人的丑。人在它们眼里，比人看河马还要丑，没人吃这么丑的东西。动物辨识对方，嗅觉比视觉更具有优先权。动物都不喜欢人类发出的强烈气味，比臊更臊，令人作呕。想这些，是让我走夜路时放松一些，人的相貌与气味的武器已足够强大。

前面有河水，这条河浅而宽。到对岸，河水把我的气味传得更远，让更多的动物悄悄离开。流水的声音好像并不是由河水冲击鹅卵石而来，而是水对水的耳语，边说边笑，包含许多秘密。河对岸，草地开着小花，夜里看都是白花。走百十米，白花止步。前面是一片开白花的树林，好像草地的白花爬到树上去了，这完全有可能。因为树底下已见不到小白花。

　　夜里的树高大并茂盛。我进树林里走了一会儿，因为视力没动物那么好，怕崴脚便回到路上。树林在夜里发出清香，我称之为"夜味"。夜味并不像夜色那么黏稠，它清凉、下沉，摸一摸你的脸就去了别处。夜味集合了青草与枯草、绿叶与落叶的气味，混合香型，其中也有岩石的冷冽的气息。昆虫们在我们不察觉的草与土里忙碌，过日子呢。月亮下坠，更加偏远。道路和岩石的白色已变得模糊，夜比子夜更加渊深。我走了3个多小时，夜才开始真正地黑了，现在接近凌晨3点。

藤

藤不是树不是根，又似树似根。树直立，根在地下爬行。藤选择做一根藤，是植物里的龙蛇。

藤是植物里的猴子，它想去一切地方。藤想知道泉水从什么地方流出，野果边上有没有刺猬的洞。藤在悬崖爬上爬下，把阵线搞乱，没有哪一棵树像藤这么胡闹。树像士兵一样站在哨位，一辈子没往前走过一步。

藤直不起腰，它需要挂在什么东西上。藤做的事情叫作借力。它认为所有的地方都是肩膀。它拍过石头、树和草的肩膀，然后向上爬。藤好奇心重，想知道高处有什么，想知道高处的高处还有什么。藤编织了森林里的蛛网。

藤被庄子的故事吓住了：树越成材越近刀斧，树一旦丰厚挺直就成了床，供人做坐榻，成了桌椅板凳和皇帝的案子，树不读书也被迫充当书架。藤是明白

125

人，树成了材也不过是大立柜，变成夹肉的筷子自己却吃不着。藤以"不材"自喜，它要做一个山野流浪汉，东奔西走，居无定所，就这么办了。

藤不开花，它情愿寒碜，像穿褐色雨衣的药农。在雨里，藤的衣衫像石头一样黑湿黏滑。植物开花，只是一个富贵的梦想。花开过，花瓣被风揪走，被流水偷走，花记不住自己到底有几个花瓣。开花的树多少有一些矜持，像做家务的男人。藤没有开花的基因，不开就不开。藤假如开了花，必定妖邪。藤把开花的力量变成皮革般的纤维，坚韧可拔。

中国的文人画里，写藤见到笔墨功夫。毛笔先天适合写藤，藤之老劲虬顽，以墨之滞迟枯涩应对之。

黄宾虹说，笔作什么？分明；墨作什么？融洽。黄宾虹把笔墨最上境界称为"融洽分明"。他的画语录常说笔法，笔分八面是黄宾虹的标志性言论，但他的画最好的地方仍在墨法，茂朴华滋显示黄墨的神力。

有画家研究黄宾虹一辈子，不知他作哪一种皴法。我说黄宾虹山水无皴法。他问是何法，我说不告诉你。

画藤也无皴，见清楚笔法，所谓线。朱耷画荷茎与藤何其相似，只是墨性不同。毛笔的线——齐白石称运笔要迟，石鲁的线却飞快——在画藤时显出疾徐枯润，显示毛笔的霸蛮，齐白石说毛笔可夺天工。一般画家不画藤，也画不了藤，他怕别人说他在画蛇或画井绳。徐渭是墨藤祖先，其藤怒而刚烈。齐白石的藤显露金石章法。

藤在文人画里上了厅堂，化大野为大文。文人画的藤叛逆，臣服朝廷的人肯定不画藤。藤在笔墨之间不止纠结，是不求纠结纠结自来。大师的墨藤肚子里有火，是身在江湖不屑江湖，是好纸好墨，是不皴，是仿家画不来的黑道道。藤是国画里的美人。

　　藤是蛮人孟获的盾，是西南少数民族孩子上学路过的桥梁，是供养苔藓、昆虫的共生体。森林里，藤比树烂得慢，它属于筋一类炖不烂的东西。藤是高加索山民采野蜂蜜的梯子，它见过无数采蜜人摔进山谷。

比草木更孤独

　　我的新居在沈阳的边上，比城乡接合部更接近田野。这些广阔的田野被房地产商购买后遇到楼市降温，田野变成了旷野，耕地上长满荒草。我从北窗望过去就见到地平线，如长长的扁担，挑着天边的云彩。抬眼见到地平线是福气，城里人抬多少次眼见到的全是楼，站在高楼顶上看到的仍然是楼。

　　地平线是多么大的财富，稍稍看一会儿，视野里就有鸟儿翻飞，经常是一对。这里离城市已经很远了，鸟儿仍然要往更远的地方飞。在我印象里，太阳应该从山峦后面升起，山是它的车马大轿，但这儿没山。这里的东方跟北方一样，只有地平线。太阳只好平凡地从地平线升起，我想它并不情愿，只好如此。太阳从东方的地平线上先冒个头，浮现半轮，而后通晓地全然跃出，看上去非常富有。太阳升得不快，也不慢。地平线如同流淌着高炉里的铁水。暗红透金的铁水漫过平原的树丛，吞没田埂和土坷垃，淌到开发商买下的土地上散开变成了薄薄的金色。太阳孤零零地继续上升，没有山峦或楼群的扶持也得上升，习惯了。我站在荒野上目睹日出，周围竟没一个人。恍惚间觉得太阳是为我一个人而升起的，这个想法刚产生我就把它批判了一下。在太阳眼里，我与草木没有区别，况且身边还有鸟儿、有电线杆子，太阳是为大伙儿升的，这才对头。

面对旭日的时候，我忽然觉得自己好孤单，一下子想不起怎么到了这个地方，甚至忘了这是什么地方。太阳把大地重新包装了一下，条状的红云从东方天际向外放射，草尖儿敷一层逆光的红色，飞鸟的影子变黑，灰褐的杨树干透出清洁的白色。太阳升起时支起一个圆顶的穹顶，光芒像树的年轮一样由中心向外扩展，那是一圈一圈的光。太阳带着它的宫殿飘起来后，地平线恢复静穆的黑色的"——"。这景致很像个"旦"字。舜可汗造歌词"日月光华，旦复旦兮"，灵感有可能来自观日出。阳光从东方平射而来时，植物和我都显出挺拔的姿态，从头到脚涂抹着均匀的金光。

地里的石头仿佛是古代的墓碑。

我在公路上远行，为了看到更多的草和树木。有人以为草和草是一样的，看一眼就感到单调。然而每一株草都不一样，像人和人不一样。抱团的草，从石缝里长出的孤单的草，长在高处和洼地的草像草书一样斑斓多姿，姿态出人意料。它们推掌踢腿，恣意妄为。我甚至盼望在路旁生锈的废钢筋身上长出一簇绿草，那才是生命的奇迹。

草在旷野上长得很平，走上去则是坑坑洼洼的。在草地行走要低着头选路，避开暴露在地面的树根、

灌入气泡的薄冰、刚刚出世的昆虫和像白石灰水一样溅开的鸟粪。我知道自己像一个丢了东西在地面寻找的人。我心里一定是丢了许多东西，想在这里找回来。这里不光有荒草和泥土，还有我需要的东西，尽管我不知道那是什么东西。它们正踩着我的目光所搭的梯子走进我的心里。我欢迎所有旷野的、荒凉的、被人遗弃的、不知名因而不尊贵的东西在我心里安家，心比院子还大。

你看到野草荒凉，是因为它们身边没有它不需要的高楼、道路和集市，那是人赖以生存的条件。草拥有万物的根基——土地。草抱团生长，它们不孤单。悲秋的人秋天看到草地枯黄，为它们的凋谢伤忧，以为草完活了。然而，青草在春天冒芽，从枯草的根里长出新绿。人想错了，草根本不会死，它活得也许比人类还长。如果没有火灾和人类的砍伐，所有的树木都比人长寿。草看人看到了孤单和荒凉，人穿着奇怪的衣服在旷野里行走，显得没有任何本领，而所有草都裸露着绿色的身体。是的，人的本领要借助团体或网络。人冷热不宜，无法在旷野里站立一个冬天。孤

立的人不通晓风的信息和土地的信息，如果他们出现
在大地上，与周围格格不入。树木、云彩与河流都不
是他的同类。在花朵、小鸟和青草面前，人显出丑陋，
他们失去了自然赋予的美，又创造不出新的美，他们
的美丑观念只通行于人的文化，与天地无关。孤单的
人在旷野里行走，坑坑洼洼的地面和树枝让他的手脚
都不方便，飞鸟从头顶飞过，甲虫往树枝上端爬行。
这些事让人感到茫然。

花朵踮起脚尖看一个树桩

　　这片小野花的花冠只有指甲大，开着白的、黄的小花。花不大，但花瓣有十多片，围着花蕊站一圈。好像穿白裙的小孩手拉手围一个圆圈跳舞。小野花在当地被称为"鹅了食"，音译，也许是"饿了食"，也许是满洲语。小野花一开一片，它们都整齐地站在队伍里，可能怕走丢了。它们站立的地方都归它们了，密密麻麻全是花，里面没青草。"鹅了食"对自己的衣裳很清楚，白花全跟白花结在一起，离它们不远的黄花全是黄花。这两种花的叶片、花蕊、高矮都一样，只是花的颜色不一样。白的、黄的站在各自的队伍里。我在白花里企图找到一朵黄花但没找到。花籽随风飘荡，不一定落在哪里长出来，它们会因为花瓣的颜色挑地方落吗？我以为，误入白花阵的黄花刚一冒头就被白花集体掐死了。花比人想象的更残忍，温柔只是人赋予它们的观念。它们不容忍异己。胡适站在

134

花边上说一百遍"容忍是一切自由的根本",花也听不进去。

贴地生长的"鹅了食"如一小片水洼,雨停之后,东一片西一片地留在草地上。它们长在坡上更好看,像是有人晾晒的白毯子和黄毯子,因为晚上忘了收起来,毯子上沾满了露水。我沿着公路往北走,经过它们的岔路口有一个树桩,直径约有 50 厘米,是柳树桩。在风和雨水的欺凌下,树桩如铸铁那样黑,裂了很深的纹,如一个镜子碎了。有一朵雏菊花高高挺

立，伸长脖子看这个树桩。树桩周围没有别的花，"鹅了食"离树桩一步远就停下了脚步，仿佛它们派高个子的雏菊去看一看树桩发生了什么事。

树桩边上的雏菊好像原本没这么高。它显得比其他雏菊高，这是伸脖子看树桩造成的结果。树桩像一个没有食物的餐桌，蚂蚁们从裂口里出出入入也没找到可以吃的东西。

雏菊的花冠在风里摇晃，有如惊讶。树桩的年轮不只记录着树的年龄，还有旱情与树受到的创伤。中间的圆心只有筷子粗细，是说那时它是一棵小树，不足一人高。阳光源源不断地从小柳树的叶子进入它的身体，水从根系爬上枝叶。小柳树觉得自己的身体在膨胀，情不自禁地在风里摇晃手臂。它长大之后，奇迹发生——鸟儿在枝头歌唱——柳树觉得这是奇迹。它闭上眼睛听鸟儿的歌唱。小鸟唱得太急促，几乎不换气，音太细碎。柳树听了好多年也没听出鸟儿在唱什么。其他鸟儿是怎样听懂的呢？鸟儿藏在柳叶里歌唱，会不会让其他树，如榆树、杨树认为这是柳树的歌声呢？每念至此，柳树禁不住要得意地甩一甩柳枝的袖子。当杨树和榆树不知疲倦地举着自己的树叶时，柳树又甩了甩袖子。树叶不过是树叶，也不是奖状，举它们干吗？柳树的叶子像藤萝那样一挂一串。柳枝俯身寻找地上的落花，看蚂蚁扛着蚂蚱透明风干的翅膀行进。这多有意思！杨树叶在天空看到了什么？只有不着边际的云彩。小鸟在柳树上跳来跳去，展翅、鸣唱。你不知道小鸟歌唱有多么卖力，它们用上了全身的气力，尾巴都要翘起来。风拿着一把扫帚跑过来，清扫每一片柳叶上的灰尘。小鸟飞走，在天空留一个黑点。柳树一年年长大，它不知道身体里留着年轮，岁月偷偷地记录着它的年龄。

假如树桩有眼睛，看到天上的小鸟飞旋却不落下，因为自己身上已无枝叶，连树干都没有。它看到身边的树笔直地生长，树叶好像和云彩沾上一点边了。蚂蚁快速往树的高处爬。它掉进树皮的沟壑里，一会儿爬出来，再掉入沟壑。在黑黑的树皮上，嫩绿的柳枝如一只小手伸出来，握着几片叶子，让风吹。树桩想起自己曾经满身枝叶，数不清有多少根枝条，更数不清叶子。下雨时，万千清凉洒在身上，沙沙响。落在树顶叶子上的雨滴流下来，流到下面的叶子上，再流到更下面的叶子上，九曲楼台，遍体清凉。树忍受骄阳，忍受冰雪，但不知道为什么被人伐倒。树桩不知道树身去了哪里，也不知道树身再次被肢解，分别成为某只沙发的两只脚、某家厨房碗柜的垫板、某间学校学生座椅的靠板、某个农民手里铁锹的锹杆、某一把斧头的把柄。它们变为了"木头"，永远听不到叶子在风里的摩擦声，听不到小鸟站在树枝的肩头扯着嗓子高唱。有一个树桩在故乡等着木头回来，但木头永远回不去了，到年头，它们朽烂他乡。

雏菊每天都在看这个老树桩，看它的表情。雨落下来，流进树桩的裂缝又冒出来，裂缝通不到树根。雏菊看不到老树桩有新的枝条蹿出来。它在春天也不绽放新叶，更不用说秋天落叶了。

冬天，树桩上落一层雪。雪化了，树桩还是原来的样子。树桩不生新枝也不朽烂，它在等什么呢？树桩敞着一圈圈的年轮，就这样过去了许多年。

樱桃花在枝头想念樱桃

　　说"樱桃花"像说一个消失的人，过去见过、后来却见不到的人。樱桃花是被大地幽禁的纺织姑娘，每年春天才能来到。而第二年见到的樱桃花，已经不是去年那些花。

　　所以，跟"那一个"樱桃花相见，一生只见一次。落在玻璃上的雪花，蹲在绿色送报箱上的雨水，从天空飞过永远不知其下落的鸟儿，我们都只见过一次。

　　这一生，无论见什么东西，我们只见过一次，除了身边的人。流过的河水，余晖在岩石铺的金黄毯子，车窗外站着的树，我们只见过一次。用一生的时间也回忆不完我们只见过一次的东西。

　　樱桃花见过樱桃吗？

　　樱桃花一生最想见的就是樱桃，而不是杜梨，更不是古怪的香蕉。樱桃花每天都在枝头上想念樱桃，这么稠密的想象被蜜蜂偷走变成了蜜。每朵樱桃花手里举着五片扇页，对着阳光显影扇子上面的字。在没有一片绿叶的果树枝上，樱桃花如同一排蝴蝶穿过独木桥。花的蝴蝶丈量树枝，给叶子预留地方。叶子长出来之后，花像树的耳朵，听鸟儿在早晨独白。

鸟儿的话语跟樱桃有关，它想到樱桃就想到了酸和甜。血浆一样的果泥，这让小鸟喊叫起来。

樱桃花所想象的樱桃是一只小灯笼，里面的籽像神秘的宝葫芦。灯笼在黑夜微微发光，给往树上爬的小虫照亮。

樱桃花认为樱桃不是吃的食品，它另有奇特的用处。吃是从枝头钻进人的肚子里，对不住漫长的生长。樱桃花询问串门的蝴蝶："你见过樱桃吗？"

蝴蝶摆手，蝴蝶只会摆手，表示自己耳聋。

樱桃花想象樱桃身上有美丽的羽毛，肩膀是宝石蓝，胸膛雪白。樱桃用红色的爪子抓紧树枝。到了秋天，樱桃飞到南方气温更暖的地方。

樱桃也许是一只木质的小盒子，樱桃花想。盒子里装着蔫巴褪色的樱桃花的花瓣。樱桃收藏这些花瓣，把每年的花瓣收起来，撒到溪水里，和小鱼成为朋友。

　　樱桃花开到最繁密的时候，花瓣挡住花瓣的脸。它们向四面八方看，找樱桃的踪影。樱桃并没有从树下面爬上来，也没藏在雨水里。樱桃在哪里呢？

　　这么想着，风吹走了一层又一层樱桃花瓣。它听说当最后的花瓣落地之后，樱桃才出来。花朵挺高兴，

兴高采烈地往树下跳。躺在地上的樱桃花快要枯萎了，问地上的蚂蚁："你见过盛开的樱桃花吗？"

蚂蚁指手画脚一通，什么也没说出来。樱桃花向树上看，嫩叶已经站满了树枝，张着完整的边齿，阳光晃眼。

楠 溪 江

楠溪江是树状水系，如一个翡翠的网，包络着永嘉的大地。坐在竹排泛流，像坐上了安轮子的车在碧玉上滑行。江水深绿，比鸭绿江还绿，低头看江，却清澈，不是藻绿。

在这里拍下的照片不像真的——金黄的竹排在江上游弋，水面像铺了一层翠绿的树叶子。我坐在竹筏前面的小竹凳上，碧水分流而过。清幽啊，似魏晋时代的景物。我虽没在魏晋待过，却觉得魏晋山水大约如此。撑篙的船老大七十多岁，草鞋系了一朵红绒球。而别的船夫只穿塑料拖鞋。红绒球随船老大撑篙簌簌微动，非英雄不能如此。他祖上一定是将军，说不定就是桓温。这更让我相信楠溪江从古代流过来，今朝见到是偏得。楠溪江从古代流过来，在青山绿树之间荡漾。

以乐曲譬喻，长江是庄重浑浊的无标题交响曲，黄河是民乐齐奏《万马奔腾》，楠溪江则如一支竹笛独奏曲，静远虚无，音符里带着涟漪，声声滴翠。在楠溪江上漫游，时间改变了行走的样式，你觉得钟表的时针分针的手脚缩了回去，时间变成了一个古老的磨盘，它慢慢地转，由人工推着行进。

楠溪江两岸皆山。江水并非在山谷蜿蜒而行，山是从江边长出来的。山和江水有一样的碧绿，仿佛是水体的结晶堆成山。山与水在永嘉呼应一体，均清悠旷远。

楠溪江有许许多多的支流，像树叶张开的脉络。能每一个支流都走一下才好。穿上救生衣，把楠溪江的水走遍是一项能力。古人就是这么走的，这样的行旅可跟山水更深结缘，跟野花、小猴和鸟儿们结缘。时间虽长一些，却能够真正走入山水怀抱。在楠溪江，一切都慢了下来，适宜做一些更慢的事情。譬如迷路，涕泗中被同伴找到；譬如被无毒的小蛇咬了一口；譬如被猴抢走帽子和相机；譬如在山涧里发现中华人民共和国成立初期大财主埋藏的珠宝，翡翠手镯七八只，袁大头不计其数……

此地山的样子奇崛茂朴，或藏有唐宋元明清以来的好东西，包括刀剑碑帖，说不定还有谢灵运留下的山水诗全集刻本或其他神秘的东西。谢家是大户，世代有钱。这些钱干吗呢？不会去杭州买房，杭州（余杭郡）那时还很小，就像北京人不会去邯郸买房一样，他把钱换成了珍宝，传给儿孙。逢战乱，谢氏子孙把珍宝藏进山里，因为那时没有银行保险箱。越看山，越觉得山上遍布永嘉历代名人所藏的好东西。我问草鞋系红绒球的船老大："这山好上吗？"

"这山根本上不去。"他答。分明是怕珠宝被外人起获。

"药农也上不去吗？"

"现在药农也不让上了，封山。"

原来是这样，永嘉可以成为全国文物保护模范县。

竹筏慢悠悠漂浮，水面如大块的绿冰，些微涟漪才使它像水，飞鸟在水面投下一瞬而逝的影子又使它像无尘的冰。滑冰运动员到这里一定有滑几圈的冲动。在我们游历的这个下午，山里无风却凉意沁人。竹筏行进时，两岸山林的鸟雀发出欢呼声，我愉快地向它们挥手致意。它们继续热烈呼喊。我只见树木，看不到鸟儿，但它们看得到我。小鸟跻身密密麻麻的树叶后面扯着嗓子高唱，气氛感人。

"莫摆手了，喂猴的人进山才摆手。一会儿猴都下来了，你没带吃的东西，猴会发脾气。"

"发脾气会怎样?"我问。

"猴会把你身上衣服剥下来撕成条，把烂泥丢在你脸上，把你墨镜抢过来它自己戴上。去年，一只猴把警察的大盖帽抢下来戴上，坐在山崖上，好滑稽的。"

我放下手，鸟儿还在呼喊，像无数人在集市里高声讲价。鸟儿会有这么多话要说吗？我记得小鸟是半天才说一句话的，像梦话。但这里小鸟多，鸟儿们对树、对青山和碧绿的江水有讲不完的话。它们怕别的鸟儿没听清自己说的话，重复多遍。而别的鸟儿也在重复刚才说的话。聋子对话就这样。

上岸，我们到村里转转，到林里转转，到山脚下转转，与村民、牛犊、母鸡、鸭子和房子合影留念，返回。我还坐在原来的竹筏上，草鞋的红绒球仍然微颤。太阳落山了，晚霞在群山之上奔走厮杀，血流满地，几颗亮星躲在仍然蔚蓝的天际观望。夕阳把山巅烧成了漆黑的焦土，掩埋了云的旌旗与城堡。天际平静之后，墨一样黑的山峦全都戴上金红的斗笠，剩余的金光铺洒在楠溪江上。江上的深绿隐退了，代之以红。夕阳摊在水面比天边更红，仿佛有一层薄薄的火苗在悄悄燃烧。鸟雀对此大为惊奇，噪声更甚。船老大一下一下撑着篙杆，竹排行进无声。我坐着，船老大站着，暮色宽阔的翅膀遮住了江面，他草鞋的绒球变成模糊的黑球，像从炭火里扒出来的土豆。

字在纸上长成青草

我一直在稿纸上写作，爱用每页 300 字或 360 字的稿纸，面对稿纸上密密麻麻的方格子，感觉很新奇。字写满一张纸后，我感觉这页纸活了，好像它在森林里睡了几十年的觉，这些字在它脸上爬，由于发痒而醒过来。

我相信字有灵，林、春、水、天、地这些字与它们包含的内容有关联。"天"这个字比你更了解天，"春"这个字也比你了解春，而"舂"所知道的事情只跟米有关。虽然长得相像，"春"和"舂"之间并无血缘。

这些字在稿纸上相遇，互相致意，说你好，问你从哪里来，你来这里多久了。我已经看到它们彬彬有礼，所以我尽量把字写得好看些，让它们见面时能够互相欣赏。字之貌，不一定长得都像王羲之、赵孟頫，像人也不必都像电影明星。我喜欢露水、月亮、鲜花、虫子、小鸟和鱼这些汉字，写到它们就想到它们，后来我干脆以它们为创作内容，这样就有机会多写到它们。如果没内容，在稿纸上写一百个"春"字很像精神病。

我觉得我写的字也愿意被我写出来，它们像外边的人来到有林木阴凉的花园逛一逛。从书法说，我的字好也好不到哪里，但不生硬，不凌厉，比较内敛。这样，字和字相处起来比较舒服一点。那些气势凌人的字搞在一块儿肯定要打起来。有人喜欢以霸气的字体写什么"豪气"啊，"拼搏"啊，听着都吓人，把这些字放一起早晚出人命或字命。

我喜欢写天空、大地、河流、草木。路在青草的山坡转弯，竹林里的小鸟如喉咙里含了露水一样啼鸣，星星趴在银河的堑壕里朝这边看，潭底的游鱼尾巴甩一下才不至于让人误以为它们是黑色的石头。我觉得这些事都是大事，正如有些人认为这不算事。我认真地办这些事，书写大自然，这是多大的事啊！粉色小虫子从树叶上爬过；草原上的星星好像会在后半夜发出蒙古栎树的气味；猫从灌木里蹿出并回头看，它肯定没干什么好事；红瓦因为吸足了雨水而鲜艳；牵牛花像留声机喇叭，感觉它听到莫扎特的音乐脸会发烫。我慢慢写下这些情景，虽然别人觉得这是一些小得不能再小的事，但我一写就感觉自己是一个办大事的人。有时路过商店的玻璃橱窗，稍微看一下身影，有点像办大事的人。

这些字曲曲弯弯地在稿纸上爬行，如同蚂蚁的行军队伍。作家不就是蚂蚁吗？每天奔波，搬面包屑作为明天的粮食。即使有的作家自感气势干云，他也不

过是文章蚂蚁。一个人如果真的气势干云（干树梢已不错了）就不去写作了。字被写好之后，它们会在黑夜里串门，黑墨水写的字在夜里活动不容易被发现。它们像蚂蚁一样爬到别的稿纸或别的文章里看一看，嗅一嗅，挑一挑毛病。字变成蚂蚁之后，每个字都像"兆"字，有些像"宄"字，这是字里的大干部，头戴珊瑚顶子的冠冕。想到这个事，我心里很高兴，虽无高官厚禄，但有文字蚂蚁，它们代表着星空、青草和牛羊。我的书桌可称蚂蚁窝，简称蚁窝。但不可称蚂窝，好像我跟蚂蟥有什么默契。

如果你观察过脚下的青草，会发现一株草长一个样，草叶的长短：俯仰都不一样，如中国画兰草的撇与捺。草——好听点叫青草，世俗点叫杂草——从脚下长到天涯，有山它们能翻山，有河它们却过不了河。它们无边无际，没完没了，不怕烧不怕踩更不怕风吹日晒，这是一些卑微的生灵。我之作文虽写天空大地，却没因此得到高度和厚度，我只是写大自然。我写它们是喜欢并尊敬它们，它们不会赏给我钱，因为它们不是企业也不需要广告。大自然是卑微的，它们只用自己那一小份——无论是树还是草，它们安静，比人更有理性。中国古代哲学家把自然界呈现的理性称之为道，人无论如何也得不到道的。而动植物无一不得道，否则一天也活不了。道是本分、节制、无妄想乃至一切杂念，唯其卑下微小，而得广大充盈。我的字或者叫文章内容，也可归于卑微质朴之类，像地上的杂草。如果真像杂草倒好了，随时随地可生，也没人去挖去卖去熬汤，去扮演残疾的盆景。曾有人质问我："你怎么写得没完没了？"我不理解他这问话的含义。难道我不应该写散文而应该卖拉面吗？是不是打麻将更符合中国人的人性？然而我不打。要打也是打坐、打太极拳。青草不是每年春天都出来吗？它们不会延迟也不会早到。青草遍地，你看上去多，其实它们不多也不少，只有那么多。就像蚂蚁看上去多，其实也只有那么多。世上不光有青草，还有高大的乔木；不光有蚂蚁，还有大象。让蚂蚁和大象各得其乐吧！